周海滨 著

西 边 来

序

风从西边来,吹走了往昔,吹来了记忆,夹杂着一丝痛楚;风从西边来,让这里刀光剑影、胡马飞天;风从西边来,让这里星罗边陲、残阳似血;风从西边来,让这里大漠流沙、车辙无痕……无论是睁眼看西方,还是西学东渐,及至西仿洋务,西方是近世中国绕不过去的一段灰色往事和迷人向往。

与近世中国不同,在更早的中国,探寻家们,看到的是帝国的威严和佛祖的召唤;诗人们,看到的是吊古悲怀之地;将士们,则看到了刀光剑影的边塞阵地。

而现在,丝绸之路[01]告别了神祇、军士和商贾,更多的是游

---

[01] 1877年,德国地理学家李希霍芬(Ferdinand von Richthofen)在他的名著《中国》里首次提出"Seidenstrassen"(丝绸之路)一名。他对丝绸之路的经典定义是:"公元前114年至公元127年间,连接中国与河中(指中亚阿姆河与锡尔河之间)以及中国与印度,以丝绸之路贸易为媒介的西域交通路线。"这个说法很快得到东西方众多学者的赞同。英国人称"Silk Roads";法国人称"La Route de la Soie";日本人则称"绢の道"或音译为"シルクロード"。

客足迹和残存古迹。

　　文化从来不应该被遗忘。它在任何文明时期都殊途同归，都用来指称人类社会的精神现象，抑或泛指人类所创造的一切物质文化遗产和非物质文化遗产。虽然不同的区域文化创造了诸如进取、敢为、融合、包容、大同的文化精髓，但是不同的文化带之间相互牵扯和融合，甚至会有冲突。如果文化能向新的世代流传，即下一代也认同、共享上一代的文化，不同地区尊重不同局域的文化，那么，文化就有了传续和共享的功能。

　　丝绸之路就是这样一个允许文化往来和交融的地带，尤其是西域，远离各大帝国的核心，作为各地文化交会的边缘地带，他们通过丝绸、佛像、文书和战马，让文化在贸易和占领中融会、衍化。

　　它以西汉时期长安[01]为起点，经河西走廊到敦煌。从敦煌起分为南北两路：南路从敦煌经楼兰[02]、于阗[03]、莎车[04]，穿越葱岭[05]到大月氏、安息[06]，往西到达条支[07]、大秦[08]；北路

---

[01]　东汉时为洛阳。
[02]　楼兰，今新疆罗布泊。
[03]　于阗，今新疆塔里木盆地南沿。
[04]　莎车，今天新疆塔里木盆地西缘。
[05]　越葱岭，今帕米尔高原。
[06]　安息，公元前247年至公元224年为帕提亚帝国。今伊朗境内。
[07]　条支，今伊拉克境内底格里斯河和幼发拉底河之间。
[08]　大秦，罗马帝国及近东地区。

序   ———

我们就从西安出发,走在丝绸之路上,翻阅经典,感受着佛教东来衍变和华士西行的勇气

从敦煌到交河、龟兹[01]、疏勒[02]，穿越葱岭到大宛[03]，往西经安息到达大秦。不可否认，古丝绸之路让中国的黄河文化、恒河文化与古希腊文化、波斯文化产生了化学反应。

位于丝绸之路干线上的一些地域，如狭义的西域——新疆塔里木盆地和吐鲁番盆地，一些西域绿洲王国，它们的命运与丝绸之路通畅息息相关。丝绸之路的中转贸易是这些绿洲王国的重要收入，文化的繁荣依赖于东西方文明的传播与渗透。因此，这些绿洲王国都要极力维护丝绸之路的通畅。在丝绸之路沿线有许多这样的城镇：西域丝路南道的于阗、楼兰，北道的龟兹、焉耆、高昌[04]，河西的敦煌、武威，以及中原地区的固原、长安。

文化交流所能达到的深远程度常常依赖于个人背后的国家意志。我们在慨叹汉代张骞、明代郑和的非凡之举的时候，不要忘记，类似的探险家不胜枚举。唐代杨良瑶，在德宗贞元元年（785年）受命出使阿拉伯半岛的黑衣大食，他从广州出发，走海上丝路，经过3年多的时间，完成联络大食、夹击吐蕃的政治使命，返回大唐。杨良瑶从海路出使大食是因吐蕃乘安史之乱，攻占了河西，并向西域推进。

战争不仅让两国来使舍近取远，也让文化交流蒙上了悲剧色彩。

---

[01] 龟兹，今新疆库车。
[02] 疏勒，今新疆喀什。
[03] 大宛，今乌兹别克斯坦费尔干纳盆地。
[04] 高昌，今新疆吐鲁番。

唐玄宗天宝十年（751年），高仙芝兵败黑衣大食。许多中国工匠从战争地怛罗斯[01]被掠到阿拔斯王朝治下的阿拉伯领土，中国的造纸术、陶瓷技术也可能随之传入两河流域。传奇的寰行者杜环也在俘虏之列，他在海外飘零11年，曾游历西亚、北非，成为第一个到过非洲并有著作的中国人。这位《通典》著者杜佑的族子最后返航之地是埃塞俄比亚马萨瓦港，终于在唐代宗宝应元年（762年）搭乘波斯船舶返回中土广州。

每一个人在丝绸之路上的踯躅前行，都是一次非凡的文化之旅，凿空与点亮了天各一方的荒漠和灯塔。

每一个人在丝绸之路上的重新游历，都是一次思我的心灵旅途，沉淀与顿悟了归去来兮的绝响和传奇。

在我们重走丝绸之路的每一天，面对窗外闪过的不同风景，感受着和而不同的地域文化，壮丽、磅礴、旖旎、温润……各种中国之态，纷至沓来。

让我们一起出发，心向而往之。

周海滨

2016年1月17日

---

[01] 怛罗斯，今哈萨克斯坦塔拉兹附近。

目录

序 _001

012 /

第一部：盛世古韵

西安—张掖：梦回大唐，重走千年驼运古道

01 **西安：王重阳与鸠摩罗什的远行** _015
　　王重阳的"活死人墓" _015
　　终南山下草堂寺 _017
　　如果长安客穿越到纽约 _021

02 **固原：须弥山石窟，刀刻的信仰** _029
　　须弥山与"世界的中心" _030
　　弥勒佛信仰为什么输给了阿弥陀佛 _031

03 **中卫：悠悠黄河渡，王维来过沙坡头？** _035
　　王维的沙坡头？ _036
　　羊皮筏子用不到 5 年了 _039

04 **武威：凡尘之外，千年马场边，说名马** _045
　　最早的名马：霸王项羽乌骓 _046
　　赤兔：董卓、吕布、关羽座驾 _047
　　的卢：张武、刘表、刘备、庞统座驾 _049
　　汗血马引发的战争 _050

054 /
第二部：河西走廊
张掖—敦煌：出塞西行，感受千年走廊脉搏

05 张掖：西夏国寺，大佛涅槃的眼神 _ 057
　　迦叶如来寺与昙无谶被杀 _ 057
　　毁寺和护寺 _ 059
　　传说泛滥的大佛寺，元顺帝是宋恭帝的儿子？_ 061

06 嘉峪关：左宗棠与林则徐的隔空相遇 _ 069
　　嘉峪关的前世今生 _ 070
　　林则徐和左宗棠的隔空出关 _ 074

07 敦煌：永远的是飞天的思念 _ 077
　　梦幻莫高的美与痛 _ 077
　　鸣沙山里的月牙泉 _ 088
　　故事永远不会终结 _ 094

096 /

第三部：西出阳关

敦煌—乌鲁木齐：古道阳关，玉笛吹彻滚滚风尘

08 玉门关：金戈远去，春风何处 _099
不敢望到酒泉郡，但愿生入玉门关 _100
据两关，阳关西出无故人 _102
距罗布泊不远的雅丹魔鬼城 _106

09 哈密：大唐西域，玄奘遇险记 _109
"莫贺延碛"，夜则妖魑举火，昼则劣风拥沙 _109
伪造的玄奘讲经处 _111

10 鄯善：楼兰古国去哪儿了？ _117
古楼兰与楼兰女 _120
楼兰古国为什么消失了 _121

11 吐鲁番：高昌故城，故国远去 _127
玄奘与兄弟麴文泰的三年之约 _127
残垣断壁，宫斗如梦 _134

138 /

第四部：边陲天道
乌鲁木齐—伊宁：羯鼓羌笛，万仞冰川赴险征途

12 乌鲁木齐：丝绸之路上的十大寰行者 _ 141
汉武帝、张骞、卫青、霍去病、汉宣帝：功垂西域 _ 142
班超、甘英：西域二代捍卫"丝绸之路" _ 144
从鸠摩罗什到玄奘：7世纪的文化之旅 _ 148
李白、马可·波罗：我从西方来 _ 151

13 库尔勒：翻越秘境天山 _ 155
天山，神秘莫测的遥远 _ 155
不断萎缩的"冰川活化石" _ 157

14 轮台：塔里木胡杨林，陪伴过2000年前西域都护府 _ 159
龙骨虬枝的不朽神话 _ 159
西域都护府的沧桑 _ 163

15 巴音布鲁克：这里是有故事的蒙古人 _ 167
"土尔扈特大逃亡" _ 167
忧郁的渥巴锡 _ 172

16 伊宁：汉家公主何以解忧？ _ 175
汉家公主，细君的乡愁 _ 178
解忧公主，年老东归 _ 180

182 /
第五部：海上丝路
泉州—北海：风起潮生，回看千年海上文明

17　泉州：谁毁了刺桐万国商 _185
　　商品来了，宗教也来了 _186
　　沉没的独桅帆船 _188
　　"尽杀"南宋宗子 _194

18　汕头：血泪"侨批" _199
　　一封"侨批"就是一个故事 _199
　　千里之外 _201

19　佛山：殿堂的归殿堂，日常的归日常 _209
　　东南亚人为什么喜欢陶缸 _209
　　南风古灶为什么种榕树 _211

20　阳江："南海1号"与妈祖信仰 _213
　　妈祖，妈祖 _215
　　生而为巫 _217
　　朴素的信仰 _219

21　北海：合浦，地下的汉朝 _221
　　汇聚于海 _226
　　"合浦珠还" _227

　　后记　谁打开了丝绸之路？ _230

寰行中国线路图

012

第一部：
盛世古韵

　　古城、栈道、残壁、部落、客栈、烈酒，仿佛再现远古。
　　弹指千年，沧海桑田，但时空的穿越风化不了丝绸之路上的歌声。
　　一缕丝绸，串起千年历史，一条商路，承载千年文化。
　　我们将从长安出发，途经固原、中卫、武威，直至张掖，八千里路云和月将正式启程。
　　"五陵年少金市东，银鞍白马度春风。落花踏尽游何处，笑入胡姬酒肆中。"我们回到盛世长安，重睹大唐西市繁盛风采。
　　"云梯出树梢，石阁倚空苍。烽火连沙漠，河流望渺茫。"丝绸之路上佛光灵现，岁月虽然剥蚀了它的外表，却加深了文化的年轮。
　　"大漠孤烟直，长河落日圆。"观大漠日落日出，听沙漠神秘夜声。

西安—张掖：
梦回大唐，重走千年驼运古道

阵阵胡笳，声声驼铃，雄浑壮阔和清丽婉约融合一体的仙境之巅。

"明月出天山，苍茫云海间。"蓝天碧云，骏马嘶鸣，铮铮铁骑遗风。这里依旧激荡着公元前121年骠骑将军霍去病的辉煌凯歌。

"卧佛长睡睡千年长睡不醒；问者永问问百世永问不明。"在这座"塞上名刹，佛国胜境"走上一遭，幻心幻境，世上已然千年。

重走丝路，沉淀千年厚重文化的不朽卷轴将渐次展开。

这一次就让我们拂开历史的面纱，一览这条道路上散落的瑰宝，重温前人为此付出的血泪和生命。

人类的每一步跋涉都是对生命的致敬，生命也因此变得更有意义。

每一个人在丝绸之路上的踟蹰前行，都是一次非凡的文化之旅，凿空与点亮了天各一方的荒漠和灯塔

01 西安：
王重阳与鸠摩罗什的远行

西安，是可叹的。在中华文明初现曙光的时候，它虽未曾缺席，但却在几经繁盛之后，屡经战乱，最后归于寂寞。

这大抵是一城一人的牢笼，没有人能选择永恒，更何况惯用土木结构的城，更易付诸一炬。

但是，每一座城都有故事，这个故事的导演，无从预设却又猝不及防，而城中客却可以有自己的选择，生死逃离或生计奔波。不过，却有一群人，他们的东奔西走，发乎于心践之于行，足迹在路上的时候，历史的轨迹随之而延伸，身后的背影引人追寻。

我们就从西安出发，走在丝绸之路上，翻阅经典，感受着佛教东来衍变和华士西行的勇气。

王重阳的"活死人墓"

在西安，我想起了王重阳——全真教创始人。这是一位出生于门阀世家的公子，陕西咸阳大魏村人。想起王重阳，不是因为他在丝绸之路上行走，那是他的弟子丘处机的盖世之举——在阿富汗与成吉思汗相遇，而是因为王重阳是个"异人"，如同金庸笔下的华山论剑天下第一,活死人墓里的爱恨情仇,都是这种异化的体现。

如果王重阳在大魏村里守着家业,也就没有这些传奇的故事和道教的中兴,但在金人统治之下,王重阳文武两进,皆无所成,一度贪食耽睡,酗酒度日。33岁时,王重阳又看到祖父享年82岁、伯父77岁、父亲73岁,自觉"古今百岁七旬少",颇有点金庸笔下周伯通玩世不恭的形迹。

所以,古往今来,一场伟大的旅行,其实都是从"玩"开始的,有的"玩"出情怀,有的"玩"出不恭,而王重阳却"玩"出了千秋大业。

如果没有王重阳48岁时的一次偶然外出,全真教在历史上将不会有痕迹,更不会有终南山"活死人墓"和"全真七子"。

那一年是金海陵王完颜亮正隆四年(1159年)。是年6月15日,王重阳在终南甘河镇上饮酒,忽有二仙人披发而至,像所有的传说一样,说"此子可教",便授以口诀,飘然而逝。

王重阳后来赋《遇真诗》一首:"四旬八上得遭逢,口诀传来便有功。一粒丹砂色愈好,玉华山上现殷红。"王重阳说,他遇到了钟离权和吕洞宾两位神仙。

这就是全真教著名的"甘河遇仙"。

第二年秋,王重阳路过礼泉县,自称又遇到了道者,他急忙迎拜,邀入酒店,在两人一番饮谈之后,便已入道。

自此,王害风、王重阳乃重阳子也。

重阳子的骇人之举发生在1161年,金世宗大定元年。他在南时村自凿一墓,树"王害风灵位",独自穴居二年,这就是确有其事的"活死人墓"。重阳子还撰《活死人墓赠宁伯功》37首绝句，其中一首：

活死人兮活死人，火风地水要知因。
墓中日服真丹药，换了凡躯一点尘。

王重阳在"活死人墓"的四角各植海棠一株，他解释说："吾将来使四海教风为一家耳。"大概在金世宗大定三年（1163年），王重阳填了墓坑，迁往距南时不远处的刘蒋村。当时与重阳同居者还有玉蟾和真人、灵阳李真人。

1167年，金世宗大定七年四月，佯狂癫走的重阳子放火烧了庵，3个多月后，抵达宁海。

这是重阳子更远的一次远行。这次远行，不仅让重阳子收齐七子，也让他与偶遇的仙人钟离权和吕洞宾一起，位列"北五祖"。

在丝绸之路上，像重阳子这样的东行者不计其数，他们不是来自西域就是来自天竺，不是来自身毒，就是来自狮子国。他们的行程遥远、凶险，他们前路漫漫却一意而行，他们比重阳子的行程更远，让遥远的佛教遍及华夏，而重阳子的全真教，由于不善远行传教，终不及佛教的长盛不衰。

终南山下草堂寺

同样是终南山下，鸠摩罗什婆的草堂寺和王重阳的重阳宫都在陕西户县。在这里，鸠摩罗什首次将般若经典全部完整译出。从后秦弘始三年（401年）到弘始十五年（413年），他译出了许多佛经，成为唐代玄奘之前最伟大的佛经翻译家。

"法筵之盛，今古罕匹。虽云有弥天法师为之先导，慧远、僧肇等为其羽翼，然亦法师之博大精微有以致之也。"这是汤用彤在《两汉魏晋南北朝佛教史》中对甫时盛况的描述。

此言非虚。据《高僧传》，鸠摩罗什在长安译经达300余卷。如今，在寺庙、茶室，经常看到抄经禅修的听众，用的版本依然是鸠摩罗什的译本。《金刚经》《法华经》和《维摩诘经》依然以佛经偈语盛行，如《金刚经》鸠摩罗什所译偈语：

> 一切有为法，如梦幻泡影；
> 如露亦如电，应作如是观。

后秦弘始十五年（413年），鸠摩罗什无法在这个春天再去草堂寺，再去听弟子僧叡讲新译的《成实论》了。他在廨舍闲居静养，自知灭度将至，决意圆寂在译经、讲经12年的草堂寺。在那里，他能听到佛祖的召唤，也能看见遥远的龟兹故乡。

当年迈的鸠摩罗什进寺的时候，这位一生师于高座之上、精通佛理的高僧已经无力登高，讲经说法的高座被移放到了平地。

罗什必须要坐上去。他的一生，生命、学问、修为、译业都与高座连在一起，这一坐就是50年，未曾分离。高座之下，他的弟子绕膝，道生、僧肇、僧叡、道恒、昙影、慧观、慧严、道融等让佛法远扬。

在草堂寺，仿佛还能看到导师与弟子做最后的告别："因法与汝等相遇，未餍尔等之心。一切诸法，皆悉无常，恩爱合会，无不别离。何必恻怆，期于后世。自以闇昧，谬充传译。凡所出经三百余卷，唯《十诵》一部未及删烦。存其本旨，必无差失。愿凡所宣译，传流后世，咸共弘通。今于众前发诚实誓：若所传无谬者，当使焚身之后，舌不焦烂。"

罗什告别弟子与高座，告别了长安和龟兹，告别了非有非无的世界。他的遗体依佛教的葬法火化。

姚兴亲自主持葬礼。"太山坏矣，梁柱摧矣，明灯灭矣，哲人萎矣，导师亡矣，秦之大宝丧矣！"

积薪点火，火焰升天而起。据说，薪灭形碎，唯舌不烬，弟子收其舍利，建造舍利塔念之。这就是至今保存完好的"姚秦三藏法师坞摩罗什舍利塔"。

唯舌不灰，缘于鸠摩罗什的一个誓言："今于众前，发诚实誓：若所传无谬者，当使焚身之后，舌不焦烂。"这是一个与出家人的戒律攸关的誓言，也与其乱性的诟病有关。

《晋书·鸠摩罗什传》载："尝讲经于草堂寺，兴及朝臣、大德沙门千余人肃容观听，罗什忽下高坐，谓兴曰：'有二小儿登吾肩，欲鄣须妇人。'兴乃召宫女进之，一交生二子焉。"也有说，姚兴担心才学超众的鸠摩罗什无后，于是，赐予鸠摩罗什宫女10余人。

如姚兴所愿，鸠摩罗什恐怕是唯一出家后有子嗣的高僧。在佛教中，只有日本的僧人可以结婚生子，而在中原是万万不可的。身在龟兹的佛教传播者罗什,虽可吃三净肉,但幼年受十戒、20岁受大戒的鸠摩罗什要娶妻,绝对不可!

此事在僧众中引发震动,有些僧人便效仿鸠摩罗什娶妻生子,过起了俗世的和尚生活,这成了鸠摩罗什的烦恼,便召集众僧,拿出满钵的针告诫说:"你们若能与我同样,将一钵银针吞入腹中,我就同意你们娶妻蓄室。否则,绝不可学我的样子。"

鸠摩罗什自称被逼无奈娶妻蓄室,虽生臭泥之中,可以像莲花般出淤泥而不染,你们但取其花,不要取其泥,我的戒行有亏,但是所译经典,如有违背佛陀的本怀,让我深陷地狱。"若所传无谬者,当使焚身之后,舌不焦烂。"鸠摩罗什发誓说。

对于"形碎舌存"的《高僧传》记载,自然不能全信。但,鸠摩罗什的译作——《妙法莲华经》《佛说阿弥陀经》《金刚般若经》《中论》《百论》《十二门论》……无不"传流后世,咸共弘通",历千百年而不衰。这些经典又通过丝绸之路传到了朝鲜、日本等国,在这些国家产生了深远影响。中国、日本、朝鲜等国流行的弥勒信仰和鸠摩罗什翻译的《妙法莲华经》有莫大关系。

鸠摩罗什与弟子翻译了多少部经、律、论?《祐录》列为35部294卷,《开元录》勘定为74部384卷,现共存39部313卷。

陈寅恪评价鸠摩罗什的译经艺术优于玄奘:"一为删去原文繁重,二为不拘原文体制,三为变易原文。"比如,著名的"非色异空,非空异色;色即是空,空即是色。受想行识,亦如是",就是出自鸠摩罗什译的《摩诃般若波罗蜜多心经》。

鸠摩罗什重译了此前错讹百出的般若经典,对之前的翻译错误或含混之处进行纠正，用最新的观点来解释佛典，破除了各家解释错误的局面。

我在丝绸之路上行走的时候，鸠摩罗什的一生让我备感兴趣，他从万众瞩目到毁誉交加，即便幽静凉州也未跌落高台，他希望人们看到的是"莲花"，而不是"污泥"。

"心山育明德，流熏万由延。哀鸾孤桐上，清音彻九天。"鸠摩罗什的诗作，写意了其一生的悲欣交集。

不知何故，历代文人墨客寻幽觅古，喜欢在寺庙留下诗文，却少有在道观中激扬文字。比如草堂寺，虽经历千余年沧桑，却高僧辈出，更是盛产墨宝。这与佛教的吸引力有关，如在姚秦时期，以鸠摩罗什为中心，组成了一个庞大的僧人集团。这一集团内，网罗了当时社会思想文化界的诸多俊杰。

不过，到了1949年前，草堂寺只有僧8人，已然衰落。如今，草堂寺也是表面的繁华。

但是，草堂寺作为日本日莲宗的祖庭，不会改变。13世纪，日莲（1222—1282）在日本子睿山学习天台宗，至1253年专依鸠摩罗什译的《法华经》建立日莲宗，尊鸠摩罗什为始祖。

如果长安客穿越到纽约

还是回到长安！

无论是王重阳，还是鸠摩罗什，他们生活的时代，都不是主流的长安，甚至是残破不堪的长安。不过，对于他们来说，这并不重要。

我们回到唐朝。

美国汉学家谢弗说:"在唐朝统治的万花筒般的三个世纪中,几乎亚洲的每个国家都有人曾经进入过唐朝这片神奇的土地。这些人是怀着不同的目的到唐朝来的:他们中有些是出于猎奇,有些是心怀野心,有些是为了经商谋利,而有些则是由于迫不得已。但是在前来唐朝的外国人中,最主要的还是使臣、僧侣和商人这三类人。他们分别代表了当时亚洲各国在政治、宗教、商业方面对唐朝的浓厚兴趣。"

这就是大唐盛世,万国来朝的长安,一时人文荟萃。天竺客、新罗客、高丽客、波斯客、暹罗客、安南客……他们不惜千里迢迢赶到至今仍不算交通便利的长安,只为一睹这个国际都市的繁荣。

"纽约的国际化是外面人说的,西安的国际化是自己人说的。"而长安的国际化,是古今中外的人说的。

此言不虚。唐王朝经济活跃、文化昌明,作为东亚文明中心和世界仰慕之国的地位保持了百年之久。

长安城有东、西两个大市场,每个市场里都有许多集市。东市坐落在贵族和官僚住宅区附近,这里没有西市拥挤,环境比西市安静,场面也更奢华;西市则更嘈杂,更大众化,暴力事件也更多——西市是处决犯人的地方。此外,西市的外国货也比东市多。每个集市都被货栈所环绕,而且都有自己独特的商品种类和一位首脑(行头)。

依照唐朝法令的规定,每个集市都要陈列出写明其专营货物名称的标志。大多数外国商人都来到西市,陈列出自己带来要出售的商品。当通过西市时,你会看到一排排的屠宰市、金属器皿市、衣市、马市、丝绸市和药市。

这种聚场而市的商业集散地,让长安成为远近各国商人和贵族的淘金之地。唐朝首都长安,唐玄宗天宝年间人口大约是30万户,唐太宗贞观年间只有20万户。突厥一次就来了1万户,突厥有自己的文化和习俗,这种融会对长安的影响可想而知。

长安的外来居民主要是北方人和西方人,即突厥人、回鹘人、吐火罗人和粟特人等,而聚集在广州城里的外来居民则主要是林邑人、爪哇人和僧伽罗人。但是在长安和广州两地都有许多大食人、波斯人和天竺人。在入居唐朝的外来居民中,来自伊朗的居民占有重要的地位,唐朝政府甚至专门为伊朗居民设置了"萨宝"这个官职来监管他们的利益。"萨宝"的字面意思是"商队首领"。

如果长安客穿越到纽约,那会怎么样?

他们会像传教士一样,将知识与观念倾囊相授,但是,语言不畅是个大问题。在长安,一些吐蕃贵族子弟被他们的父辈专门送到长安来学习汉语,只为准确翻译汉文经典著作。在纽约,客居的长安客绝对会是一个有教养的好市民,他们不会像讨厌的"富波斯"在长安发放高利贷那样,让纽约面临着金融失序的风险;他们也不会像丑陋的肤黑"黑昆仑"那样,让纽约城管的工作量陡增;他们更不会像日本遣唐使那样忙着与纽约妹谈恋爱,让纽约的教授们充满无奈地耸耸肩。

他们更喜欢有教养的纽约客,这群充满了商业智慧,奉行个人主义却坚守着普世价值的文明人,处处都是长安客未曾见识到的

024

未来文明痕迹。但是,这并不影响长安客的趋利避害,他们善于移民,也善于落地生根。安史之乱时,很多外国使者、外国商人没有离开长安,因为回不了家,就在长安买房置地、娶妻生子。这群人就是长安客的榜样。长安客在纽约,不是洗盘子的故事,是商场扫货、地价飞涨的故事。长安姑娘胖胖的身材、大胆的性观念,恐怕会让纽约人乐不思蜀。

长安客会带上长安的丝绸、李白诗集或者中国瓷器,去见美国"国王"?唐朝境内奇货云集,东方各地的财富也经由陆路被源源不断地运送到了大唐的土地上——或车装,或驼载,或马运,或驴驮。所有的旅行者都会将本国的货物带到长安兜售或者作为礼物献给帝国的皇帝。

长安客初抵纽约,很自然地摘下帽子,换上洋装,并不会像清人割掉辫子那么痛不欲生。长安客生性豪迈兼容,脱得下汉服,穿得了胡服,他们在意的不是洋装的合身,而是女眷胸部露出的尺寸能否达到 0.33+。如果没有,那真觉得丢了大唐的脸,没法出门。

身在同为国际大都市的纽约,长安客并不会感觉卑微,因为,我们长安人乃天朝上国,世界的中心,而纽约只是新开阜之地,新大陆的核心。"冒充日本人?"长安客不会这么没品的,对于还是徒子徒孙的日本人,高大上的长安客还没有意识到他们的强大未来,不能怪长安客没有远见,日本人为来大唐,不得不舍近求远,躲着朝鲜人,不知为什么,朝鲜人见到日本人就想揍,过路也不行。长安客在纽约不满意的是,这些纽约客高大威猛,有点怀念与安南客、暹罗客一起,在波斯街吃老孙家羊肉泡馍的日子。

不要惊讶，来自东方帝国的长安客会要求在美国国会任职，在长安，远道而来的波斯客、新罗客都会有人加官晋爵，成为帝国官僚体系里的一员，他们为帝国的繁荣鞠躬尽瘁，最后客葬长安。可是，来自文明国度的长安人，在纽约遇到了麻烦。为什么在美国"不可以"让我做官？不同制度的差异，让长安客在纽约并没有宾至如归的感觉，他们想静静，他们有点想穿越到西安。

"云梯出树梢，石阁倚空苍。烽火连沙漠，河流望渺茫。"丝绸之路上佛光灵现，岁月虽然剥蚀了它的外表，却加深了文化的年轮

可是，纽约与西安之间，差了一个长安。每个长安人都想知道身后的西安人会是什么样的生活，他们没想到，西安人天天在想着梦回长安呢。

纽约与西安差什么？差大唐盛世、世界核心的转移？从某种意义上说，差一条复活的丝绸之路。这是因为，长安的历史在唐代就结束了。这座与雅典、罗马、开罗并称齐名的城市，在经历了西周、秦、西汉、新、东汉、西晋、前赵、前秦、后秦、西魏、北周、隋、唐等13个王朝之后，渐行渐远。

后来，西安的味道浓烈了起来。13岁的贾平凹第一次来到西安，他背着粗麻绳捆着的铺盖，戴着草帽，一看见钟楼，草帽掉了，差点被汽车碾过。

此刻，他知道，这里是西安。

长安回不去，可是我们在路上和海上的丝绸之路，感受她的丰仪和魅力，感受玄奘时代的开放包容。在大唐盛世下，*丝绸之路*的交融，让这位逆行的旅行家彪炳史册。*丝绸之路*，便是如*丝*之坚韧、*丝*之精美、*丝*之遥远，让世界文明得以交融，从而辉煌延续。

丝绸之路的东西方文化交流与融合，让千年的文明迭起传承。当驼铃声被车轮声碾过时，一个崭新的时代来临。

02 固原：
须弥山石窟，刀刻的信仰

说起丝绸之路，你会想到什么？是宝刹为家的法痴，还是善舞多情的胡女，或是那一队队驼铃幽远的行者，他们穿着胡服，踏着西域之音，从西方缓缓走来。

旌旗猎猎，黄沙漫道，苍穹之下，我们就是那虔诚的文化朝圣者，"寰行中国"就从丝绸之路的千年前商队起点——大唐西市出发。

我们没有像玄奘那样，选择静悄悄地滑步而去，而有点大张旗鼓，我们要像千年前的更远的祖先一样，从这里昂然踏向丝绸之路的征程，这是向他们的壮举致敬，更是为一次完整文化之旅探寻壮行。

618年至907年，大唐西市，当时的国际贸易市场，也被称为"金市"，繁华程度可见一斑。星移斗转，沧海桑田，1300年后盛景不再，但一座记忆古今、规模宏大的大唐西市在遗址上重新再建。大唐西市博物馆里，陈列着锈迹斑斑的青铜器，一罐一瓮的陶瓷器，千姿百态的陶俑……凭借历史留下的种种痕迹，我们虽然无缘目睹西市的繁华，却可以仰望那段盛唐时光。

离开西安，一路西行抵达固原。车窗外蓝天白云、丘壑山林、疏风淡影，车轮滚滚，闭眼冥思，仿若我们就在时间里行走，对前方有种朦胧的期待和隐隐的激动。

须弥山与"世界的中心"

"左控五原,右带兰会,黄流绕北,崆峒阻南,据八郡之肩背,绾三镇之要膂",如果你生在帝国不同的朝代,这里是大原、高平、萧关、原州,是九边重镇。

与所有古老的城池一样,固原的今与昔比,更让我们觉得恍惚。而恍惚之间,有什么珍贵的东西与我们迎面相逢了。

原来是须弥山。

固原须弥山。

山是不动的山,巍然屹立;云是飘忽的云,明镜高悬;静是恬然的静,云卷云舒;动静之间,一念之牵。

"须弥",梵文,在佛经中也称为"曼陀罗",指印度传说中的佛教名山。紫色砂岩,砂烁岩及页岩组成了海拔 2003 米的须弥山。不过,佛教传说中的须弥山高 84000 由旬。请问,这相当于嫦娥抱着兔子从地球奔几次月球的距离?

须弥山必须高。著名的须弥神山,并非在宁夏,而是在西藏的冈仁波齐峰。虽然它不是世界最高的山峰,但山峰上那奇异的白雪闪耀着未知世界的光芒,让印度教、藏传佛教等都认为它是世界的中心。

固原的须弥山南麓,大大小小 100 多座石窟,随着山势的起伏变化,层层叠加,隐隐现现。而独特的丹霞地貌让石窟也染上了些许浪漫的色彩,寄托着信徒遥不可及的想象。

有人说,固原须弥山石窟,是一部刻在石崖上的百科全书。因为能从形态各异的佛像身上看到南北朝至隋唐的文化变迁。当年虔诚的信徒，用刀刻出的不仅是对宗教的信仰，还有历史的年轮、战争的刀光剑影、丝路的繁华盛景……

弥勒佛信仰为什么输给了阿弥陀佛

吸引我注意的是一尊高 20.6 米的弥勒坐像。如今，弥勒佛虽不如阿弥陀佛信仰广泛，但在东晋隋唐却是信徒遍地。日本学者佐藤永智在其《北朝造像铭考》中，列举了云冈、龙门、巩县诸石窟和所知传世金、铜佛像，得出结论——北魏等朝代弥勒佛造像 150 具，弥陀造像仅 33 具。

不过，须弥山这尊弥勒坐像凿于武则天时期，有更深层次原因。女皇，让武则天、《大云经》、弥勒发生了干系。

689 年，怀义、法明、宣政等"沙门"献上《大云经》一部，说"即以女身，当王国土"者，应在武则天身上。怀义等还献上一部《大云经疏》，为武则天称帝提供"合法性"。比如，《大云经疏》中利用大量的形近字、同音字和谐音字来意会"武"字。"猫者，武之象，武属皇氏。"《大云经疏》解释，猫似虎，而唐代讳李渊祖父李虎，用"武"代替"虎"字。据此，《大云经疏》中把猫有"虎之象"，谐音曲解成"武之象"，更用"武"字去附会武则天。

武氏当国期间，诏令长安和洛阳两京和诸州修建大云寺，远涉边陲碎叶城。大云寺内藏《大云经》及舍利函、雕像、法器，并使僧升高座讲解。武则天的帝号最尊时称"慈氏越古金轮圣神皇帝"，

须弥山石窟,是一部刻在石崖上的百科全书。因为能从形态各异的佛像身上看到南北朝至隋唐的文化变迁。当年虔诚的信徒,用刀刻出的不仅是对宗教的信仰,还有历史的年轮、战争的刀光剑影、丝路的繁华盛景。

"慈氏"即弥勒。武则天以弥勒自居,在她执政时期,弥勒信仰更加昌盛,李唐托名的道君出世说被弃用。

须弥山石窟里的弥勒佛,神态安详,表情温柔,不似一般佛像法相庄严肃穆,而似睁似闭的双眸,目及众人,解脱苦恼,一眼望去令人顿觉心思澄明。它高坐于唐代大中三年(849年)开凿的一个马蹄形石窟内,身披袈裟,头留螺髻;脸如满月,双耳垂肩,占整座山头的上半部分,光一只耳朵就两人高,一只眼睛有一人长。

这尊高耸的大佛造像,虽在砂崖雕凿,但造型和雕凿的刀法却给人以泥塑一样的轻柔,与龙门奉先寺卢舍那大佛极为相似,后者被疑以武则天面容摹刻,而须弥山弥勒佛也恐受武后影响。

须弥山是丝绸之路西出长安后第一座著名的佛教石窟圣地,是丝绸之路东段北道的必经之地。唐代在须弥山设"石门关","州北九十里须弥山上有古寺,松柏郁然,即古石门关遗址"。石门关,佛法东来、丝绸西去——千年前僧侣跋山涉水求取佛经,商旅们蓬头垢面、饿马摇铃的景象仿若历历在目。

离开须弥山,我们继续西行,植被葳蕤,一层层退却。越往西行,群山变得越硬朗粗犷,绿色渐渐成了点缀。这种景象却没有延续下去,中卫给出了它的惊喜,连干涸的眼睛也沾染了绿色的湿意。

我们不禁欢呼起来,沙漠到了。

03 中卫：
悠悠黄河渡，王维来过沙坡头？

一行骆驼沿着夕阳，往沙漠深处走去，沙漠上留下了它们长长的背影。这是我无数次想象着的沙漠场景。

我在沙漠里漫步，正好遇到了这一幕。

白天，细细的碎沙、金黄的海洋、古朴的胡杨和远去的驼铃声声。夜晚，漆漆的旷野、朦胧的苍穹、微醺的风儿和呼之欲出的月光。晚上，沙海里的沙漠酒店，我推开房门，迎着漫天黄沙，感受着这个因为治沙而生的保护区。

这与我想象的沙漠不尽一致。沙坡头的沙漠是细腻温柔的，没有粗犷彪悍。

虽然天空中繁星点点，但是我没能看到银河，大抵是夜晚的探照灯让星星羞羞答答的缘故吧，我只好一直漫步等待着，坡下的黄河平静异常，没有波涛，毫无汹涌，大自然总是在制造一种力量的同时，去再造驯服这种力量的力量。谁能想到奔腾咆哮的腾格里沙漠，黄沙漫天，浩瀚无垠，可偏偏就在黄河的面前止步不前，连沙子也格外纤巧、温柔了许多。沙坡头，头枕黄河，栖河而卧，与婀娜蜿蜒的黄河、横亘南岸的祁连山余脉香山三位一体，形成了一幅原生态太极图。

《明史·地理志》载,中卫"西有沙山,一名万斛堆。大河在南"。沙坡头,古时称沙陀,元代已名沙山。由北滚滚而来的腾格里沙漠,遇到九曲黄河戛然而止,伏首在黄河北岸的香山脚下,形成了一条长约2000米、高160多米的沙漠瀑布。综艺节目《爸爸去哪儿》在沙坡头的拍摄,让这里声名大噪,其中一个旅游项目就是沙漠滑沙:从高约百米的沙坡头坡顶往下滑,初而速度较快,如果急于减速,甚至会停在半中央,我就这样尴尬地停在了半坡上。

在沙坡头景区,各种户外玩法、各种旅游开发,无所不用其极,人造景观与自然美景相互干扰,被电视节目处处宣传,殊不知,它自身才是最值得称道的"节目"。

王维的沙坡头?

王维也是沙坡头的"节目"。
因为王维,因为王维的诗,因为《使至塞上》:

> 单车欲问边,属国过居延。
> 征蓬出汉塞,归雁入胡天。
> 大漠孤烟直,长河落日圆。
> 萧关逢候骑,都护在燕然。

唐玄宗开元二十四年(736年),吐蕃发兵攻打唐属国小勃律。次年春,河西节度副大使崔希逸在青涤西大破吐蕃军。唐玄宗命王维以监察御史的身份奉使凉州，出塞宣慰，察访军情，并任河西节度使判官。

这并不是一个好差事，张九龄罢相，王维被排挤出朝廷。当他在西行途中，面对边疆关塞的壮阔荒寒，心生孤寂、悲伤之情。

"大漠孤烟直，长河落日圆。"塞外奇特壮丽的风光，画面开阔，意境雄浑，王国维在《人间词话》里评价其为"千古壮观"的名句。

我很自然地想起《红楼梦》第四十八回"香菱学诗"。香菱说：

在沙坡头，原本不需要追古思今，因为大自然已经笼罩到了全身，无法自拔。大漠爱上了同样流动不息的黄河，在沙坡头，他们都飘逸隽永，别有韵味

"'大漠孤烟直,长河落日圆。'想来烟如何直?日自然是圆的。这'直'字似无理,'圆'字似太俗。要说再找两个字换这两个,竟再找不出两个字来。""诗的好处,有口里说不出来的意思,想去却是逼真的;又似乎无理的,想去竟是有理有情的。"

香菱道出了我们普通读诗人同样的观感。所以,赵殿成在《王右丞集笺注》里评说:"亲见其景者,始知'直'字之佳。"当我站在沙坡头王维观景台,他的诗歌就在我的身边,王维就在身边,他面向长河,泼墨吟诗。

王维真的途经宁夏中卫沙坡头了吗?

中卫信了。王维没想到,在1200多年后,自己的塑像会出现在中卫沙坡头景区,站在了黄河三道湾渡口,吟诵的诗句刻在了石头上。

更重要的是,诗中的地名刻在了历史里,刻在了湮没的河西里。

"属国"是地名还是国号?有几种解释:一指少数民族附属于汉族朝廷而存其国号者。汉、唐两朝均有一些属国。二指官名,秦汉时有一种官职名为典属国,苏武归汉后即授典属国官职。属国,即典属国的简称,汉代称负责外交事务的官员为典属国,唐人有时以"属国"代称出使边陲的使臣,这里诗人用来指自己使者的身份。

居延是地名,汉代称居延泽,唐代称居延海,在今内蒙古额济纳旗北境。西汉张掖郡有居延县,故城在今额济纳旗东南。东汉凉州刺史部有张掖居延属国,辖境在居延泽一带。

一般注本均称王维路过居延,然而王维此次出塞,实际上无须经过居延。因而,林庚、冯沅君主编的《中国历代诗歌选》认为此句是写唐王朝"边塞的辽阔，附属国直到居延以外"。

孤烟：一说，燃狼粪报警，"其烟直而聚，虽风吹之不散"；二说，塞外多旋风，"袅烟沙而直上"。孤烟也可能是唐代边防使用的平安火。

长河：一说黄河；一说指流经凉州以北沙漠的一条内陆河，这条河在唐代叫马成河，疑为今日石羊河。

萧关：古关名，又名陇山关，故址在今宁夏固原东南。候骑指负责侦察、通讯的骑兵。王维出使河西并不经过萧关，大概是用南朝梁诗人何逊诗"候骑出萧关，追兵赴马邑"之意，非实写。

燕然：古山名，即今蒙古国杭爱山，代指前线。

从王维观景台处眺望，视野的确开阔，仿佛亲眼见到诗中的景象。但是，据此说诗人来过沙坡头，是不恰当的。发展旅游，借历史名人无可厚非，但不可虚有其表，牵强附会。

同样是失意的诗人，张继以"姑苏城外寒山寺，夜半钟声到客船"名垂千古，让今天的寒山寺与诗句浑然一体。张继能成就寒山寺，王维则不能成就沙坡头，因为以娱乐为主体的景区，没有荒凉的心境，只有喧嚣的过客，还有疲惫的筏工。

羊皮筏子用不到5年了

黄河水流湍急，时有急浪，当商人们带着货物来到这里，便只能从骆驼马匹的背上卸下货物，装上羊皮筏子渡河。羊皮筏子由十几个气鼓鼓的山羊皮"浑脱"组成，当乘坐羊皮筏子顺流而下，水

黄河的水质污染让羊皮筏子使用寿命锐减，一只羊皮筏子原本可用5年，却在两三年光景时溃烂漏水

在脚下流,风在耳边吹。只有这样的连环往复,不辞辛劳,丝绸西去、天马东来的盛况才会出现在史书中。

沿滑沙而下,来到渡口,羊皮筏子将我带到了船夫时代。羊皮筏子古称"革船""缝革为囊",充入空气,以作泗渡用。据《水经注·叶榆水篇》载:"汉建武二十三年,王遣兵乘船 南下水。"《旧唐书·东女国传》"以牛皮为船以渡"和《宋史·王延德传》"以羊皮为囊,吹气实之,浮于水"的记载,让牛羊皮筏子均见诸史籍,但农耕社会慎杀耕牛,牛皮得之不易。所以,羊皮筏是黄河沿岸古老的摆渡工具。

在宋代,宰杀牛、羊后掏空内脏,浑脱出完整的羊皮。为了安全和增大载重量,将若干个浑脱相拼,上架木排,再绑绳,成为一个整体,即"皮筏"。

"纵一苇之所如,凌万顷之茫然",就是指皮筏破浊浪、过险滩的情景。我乘古老的渡河工具羊皮筏,在平静的黄河之中,渡向岸边。

现在,羊皮筏俗称"排子",是将山羊割去头蹄,然后脱下整张的羊皮,扎口,用时以嘴吹气,使之鼓起,十几个"浑脱"制成的"排子",一个人就能扛起,非常轻便。我吹起了羊皮筏子,可惜不得要领,老师傅则能一鼓作气地吹起来,扎口、吹气、扎口,一气呵成。

制作羊皮筏多选冬天,因为冬天羊肥油多皮质好,不过,这要取材山羊皮,不能用绵羊皮。宰羊时先把羊头割去,不能开膛,也不能划破羊皮,要像脱衣服一样把羊皮整个扒下来,"以大羊空其腹"。皮剥下,浸水,夏天放在温度适宜处焐干,冬天则暴晒。

"有苍蝇在羊皮上飞舞时,羊皮基本焐好,羊毛大多都能自行脱落。如果时间焐长了,羊皮会腐臭,容易破皮。"老师傅告诉我,"毛脱去后,还要将剩余的细毛仔细拔掉,然后将颈、蹄等开口处逐一内塞进去扎严实,只留一处,灌入少量的油,必须是纯胡麻油和盐水让羊皮充分吸收以密封细小的毛孔。油和盐浸透后,将脖颈、三肢的开口处扎紧,留另一肢向内吹足气扎紧,呈鼓圆形状,吊在屋檐下晾晒,多次浸水多次晾晒后,等皮胎通体发黄透明,变得密闭柔软,可以防裂、防腐、防水,这样即可扎筏使用了。"

羊皮筏子被甘肃、宁夏等地的人称为黄河上的千年古"船"。羊皮筏子有大有小,最大的羊皮筏子由600多只羊皮袋扎成,长22米,宽7米,前后配置3把桨,每桨由2人操纵,载重可达20~30吨,可日行200多公里。小型皮筏则由10多只羊皮袋扎成,用于短途。

不过,黄河的水质污染让羊皮筏子使用寿命锐减,一只羊皮筏子原本可用5年,如今却在两三年光景时溃烂漏水。

在沙坡头,原本不需要追古思今,因为大自然已经笼罩到了全身,无法自拔。大漠爱上了同样流动不息的黄河,在沙坡头,它们都飘逸隽永,别有韵味。我不止一次地对朋友说,这是继墨脱公路、纳木错之后看到的最美景色——大漠、黄河、高山、绿洲,集雄奇、秀美于一身。

即便条件恶劣,祖先们依然在西行的道路上不绝如缕。夕阳已下,我只想着这西域的沙漠驼铃会驶向何方。

奔腾咆哮的腾格里沙漠，黄沙漫天、浩瀚无垠，可偏偏就在黄河的面前止步不前，连沙子也格外纤巧，温柔了许多

04 武威：
凡尘之外，千年马场边，说名马

来到甘肃，人们大多直接奔向了敦煌，或者嘉峪关，却不知还有个"待字闺中"的山丹军马场藏在茫茫祁连山中。这里连天碧草、旷野群马、草原骑牧、大河清韵、烽燧峡谷，景色各异，令人回味无穷。

据说在公元前121年，西汉骠骑将军霍去病击败匈奴，匈奴人回首凄然感叹："亡我祁连山，使我六畜不蕃息。失我焉支山，使我妇女无颜色。"霍去病在祁连、焉支山中屯兵养马，这才有了今天的山丹军马场。"山丹马"，已是中国少有的挽乘兼用良马。

在中国历史上，英雄豪杰纵马驰骋，在马背上成就功名伟业。良驹历来为名将渴求，极少数甚至留名天下，乃至丹青造像。

窟窿峡位于山丹军马一场驻地九碗泉的东南面，草繁树密，幽静宜人，泉水叮咚作响，徜徉其间，纤尘不染，仿若置身在一个被时光遗忘的世外桃源。

我们从峡谷中出来，眼界豁然开朗，西大河水库清凌凌，而岸上花草、树木、牛羊、骏马、奇峰的倒影又让此间色彩斑斓。几头牦牛在湖边悠然吃草，舌头一卷一翻，旁若无人。

遥想当年，张骞第一次出使西域，被匈奴扣押了10余年，栉风沐雨,风餐露宿,驼马匍匐。而霍去病经营山丹军马场,事未竟,身先死,令人唏嘘。

最早的名马:霸王项羽乌骓

中国历史上的名马良驹,它们的故乡几乎都是西域之地。而丝绸之路的凿空,让它们活跃在英雄豪杰的疆场之上。

上述名马,虽有周穆王的八骏、秦始皇的七名马之说,但霸王项羽的乌骓则开名马先河。

项羽将乌骓写进了败亡之前吟唱的《垓下歌》:"力拔山兮气盖世,时不利兮骓不逝。骓不逝兮可奈何,虞兮虞兮奈若何。"

骓,就是乌骓,是一匹黑马,背长腰短而平直,仅四个马蹄显白色,又名"踢雪乌骓"。在古代,河曲马以黑色、青色为主。

公元前202年,刘邦的大将韩信布置十面埋伏,项羽四面楚歌受困垓下,全军覆没。项羽携几十骑败退至安徽和县乌江,无颜见江东父老,便请渔人将乌骓渡至对岸后,自刎而亡。民间传说,乌骓长嘶不已,翻滚自戕,马鞍落地化为一山,安徽马鞍山因此而得名。

乌骓自跳乌江殉主的说法也广为流传,引起文人墨客的称道。郭沫若为乌骓赋诗:"传闻有马号乌骓,负箭满身犹急驰。慷慨项王拖首后,不知遗革裹谁尸?"

楚汉之争落幕,刘邦约法三章得了天下。可刘邦"天子驾六"出行,天下连四匹纯色的前轮辕马都无法备齐,只好休养生息。

赤兔：董卓、吕布、关羽座驾

在赤兔登上舞台之前，赤色良马是骅骝，是传说中的周穆王八骏马之一。

在《三国志》裴松注《曹瞒传》中："人中有吕布，马中有赤兔。"被用来形容万里挑一的翘楚。

"赤兔"，"赤"是红色，兔子以快著称。那么，赤兔马是跑得快如兔子的红马吗？

"得兔与狐，鸟与鱼，得此四物，毋相其余"，在长沙马王堆三号汉墓出土的帛书中，发现了一本手写版《相马经》，所述伯乐相马术。

大汉伏波将军马援说："行天莫如龙，行地莫如马。马者，甲兵之本，国之大用。"由此可见，善于精准用词和描述事物的古人，并不会将高大的骏马比喻成矮小躲避的兔子，这不仅有损马的形象，也有损国之威严。

因而，赤兔马的"兔"，或是指马的头形。在《相马经》第三篇中说："欲得兔之头与其肩，欲得狐之周草与其耳……欲得鸟目与颈膺，欲得鱼之鳍与脊。"在古代，兔形头良马，求之难得，并不容易。

在《三国演义》里，赤兔马被多次提及。李肃是董卓帐下虎贲中郎将，吕布的同乡，主动请命为董卓降吕布："某闻主公有名马一匹，号曰'赤兔'，日行千里。须得此马，再用金珠，以利结其心。"接着，李肃去见吕布，开门见山："有良马一匹，日行千里，渡水

山丹军马场藏在茫茫祁连山中。这里连天碧草、旷野群马、草原骑牧、大河清韵、烽燧峡谷,景色各异,令人回味无穷

登山,如履平地,名曰'赤兔';特献与贤弟,以助虎威。"

吕布便牵过来看:"那马浑身上下,火炭般赤,无半根杂毛;从头至尾,长一丈;从蹄至项,高八尺;嘶喊咆哮,有腾空入海之状。"吕布大喜,称之为龙驹。赤兔马出场,罗贯中还为此马作诗,形容为"火龙飞下九天来",可见其对推动剧情何等重要。

如此高大俊伟的赤兔马,是产自西域的重型马,赤色即是枣骝色,也是草原马的典型毛色。

赤兔马的一生都是传奇,先随董卓,后从吕布;后吕布被杀,被曹操转赠关羽,关羽遇难后,孙权将其赐予斩关羽功臣马忠,赤兔马却绝食而亡。在《三国演义》中,吕布纵赤兔马日行千里,飞走如风,关羽、张飞、刘备三人围战吕布,无人能敌。

的卢:张武、刘表、刘备、庞统座驾

的卢马,额有白斑,眼下有泪。在古代,这种马被视为不祥之物,妨主。伯乐《相马经》里说:"奴乘客死,主乘弃市,凶马也。"

《三国演义》里,的卢马原为刘表手下降将张武所有,后来张武谋反,投靠刘表的刘备集团主动请缨,前往江夏讨伐,刘备望见张武所骑之马极其雄骏,称赞:"此必千里马也。"话还没说完,赵云就挺枪而出,枪挑张武,夺马回阵。第二天出城,刘表看见了刘备的卢马,刘备将马献给刘表。

刘表谋士蒯越亡兄蒯良最善相马,蒯越也懂得点相马术。刘表骑马回城,蒯越提醒刘表:"此马眼下有泪槽,额边生白点,名为

'的卢'，骑则妨主。张武为此马而亡，主公不可乘之。敬当送还。"第二天，刘表宴请，托词还了刘备。

次日，刘备遵刘表之命，移驻新野，刚出城，荆州幕宾伊籍马前长揖："公所骑马，不可乘也。"第一次听说的卢马"妨主"消息的刘备不以为然："但凡人死生有命，岂马所能妨哉！"

这年冬天，刘备赴荆州与刘表相会，蔡瑁设计欲杀玄德，伊籍又向刘备告密，刘备骑上的卢马，星夜奔回新野。后蔡瑁再次建议请刘备聚宴襄阳，伊籍第三次告密，请席间的刘备外出"更衣"，刘备骑上的卢马撞出襄阳西门，来到檀溪。

前有大溪挡路，后是追兵将至，刘备以为在此间必死无疑，加鞭向的卢抱怨："的卢，的卢！今日妨吾！"没想到，的卢马纵身一跃，飞上了对岸，救主脱险。这个故事，成就了的卢的名马地位，也被苏轼、辛弃疾写进了怀古的诗词里。

后来，刘备统兵入川，围攻雒城时，看到军师中郎将庞统仍然乘坐劣马，就将的卢马交换。行至落凤坡，在一片"骑白马者必是刘备"声中，庞统及坐骑被张任率军乱箭射杀。

的卢，马中极品，追风绝地，"妨主"之名却被巧合坐实，但的卢马非但不妨刘备，还两度救了刘备性命。

汗血马引发的战争

相比赤兔马和的卢马，曹操的座驾爪黄飞电无论是事迹和演义都平淡无奇。爪黄飞电仅见于《三国演义》第二十回"曹阿瞒许田

打围　董国舅内阁受诏"："曹操骑爪黄飞电马，引十万之众，与天子猎于许田。军士排开围场，周广二百余里。操与天子并马而行，只争一马头。"

据说，爪黄飞电是波斯种，高大威猛，颇有气势。但曹操败走华容道，关羽骑着赤兔马截住了爪黄飞电的去路。

在我看来，比起大宛马，赤兔马的单兵对决并不值得骄傲。大宛马登上历史舞台，不只局促于名将马超胯下，而是关乎帝国的疆域和荣耀。

无论是罗马、希腊、波斯还是匈奴、蒙古、中国，战马关乎国运，可以缩短时间和空间，决胜于千里之外。性能良好的战马好比精良的武器，让战争的天平向更快更强的一方倾斜，具有抵抗力和奔跑能力的马匹，成为帝国的宠儿。但是，古代中国缺少这样的优质马种。中原的蒙古马头大身矮，在冬季毛很长，耐高寒，但生于草原，马蹄磨损很快，无法适应山地和长途跋涉。当罗马人发明的马蹄铁还没有传入中国之前，马蹄问题耗费了帝国的财富和时间。因为，在一场军事行动之后，马匹需要长时间的休养生息，受损的马蹄需要恢复，还要修复马蹄的角质肉。因此，帝国的马场里圈养了大量的战马，以便能轮番冲锋陷阵。有统计显示，公元前121年至公元前118年，汉帝国与匈奴的恶战，让中原损失了10万战马。

中国缺马，更缺好马，汉武帝通过巫蛊之术深信"神马当从西北来"，大宛马也如其所愿地从更偏远的西北大宛国，进入到这位强势皇帝的视野。《史记》记载，大宛"多善马，马汗血，其先天马子也"。相传大宛国贰师城附近有一座高山，山上生有野马，奔跃如飞，无法捕捉。大宛国人春天晚上把五色母马放在山下。野马与母马交配了，生下来就是汗血宝马。

大宛国有天马的消息是张骞告诉汉武帝的。在西域，张骞见到了传说中的良马，天生神骏，体形优美、头细颈高、四肢修长、皮薄毛细、轻快灵活。大宛马更适合长距离的骑乘，有"双脊柱"，在脊柱两侧有两排肌肉。别小看这"双脊柱"，它让骑兵更为舒适。

在冷兵器时代，对抗不断侵扰中原的马背民族，汉武帝深知帝国需要大宛马，遣使者带黄金二十万两及一匹黄金铸成的金马去大宛国都，求换汗血马。大宛国王毋寡以汗血马为大宛国宝而拒绝，汉使在毋寡面前，破口大骂，并把金马击碎。毋寡怒而驱逐汉使，并在归途中截杀了他们。

两国交战尚且不斩来使，况且是去重金换马的商贾使团，汉武帝大怒。公元前 102 年，汉武帝派大将李广利远征大宛国。这支庞大的 6 万人军队由囚徒、盗贼以及边境守军构成，队伍里还有水利工程师，他们要将大宛国的水源河流改道。这支大军浩浩荡荡而来，让西域小国吓得纷纷开城迎接，唯一闭城坚守的轮台惨遭屠城。

借助沿途国补给，汉军直袭大宛都城贵山。强敌压境，大宛国内乱，与汉军议和，同意提供大宛马，但不得入城，否则杀死所有的良马。

这是历史上唯一一次为了马而发动的大规模战争。李广利挑选了 3000 匹良马运回中原，并在沿途悉心保护，但这些马到达玉门关时只剩下 1000 多匹。

汉武帝将天马赐名汗血宝马，这批汗血马与蒙古马杂交，培育出山丹军马。从此之后，帝国的骑兵面貌一新，也改变了马的艺术形象。在武威出土的东汉马踏飞燕铜奔马，其大宛马造型栩栩如生。

无论是汉代、唐代还是此后的王朝，获取马匹的诉求从未中断，茶马互市、朝贡献马……然后，在马背上打天下。汉代从东、西、南、北四面拓展疆域，与同时代的罗马帝国并驾齐驱，直至汉武帝曾孙汉宣帝刘询治下，帝国的强盛达到了顶峰。

离开山丹军马场，沿着河西走廊西行，这个季节油菜花早已凋谢，只剩下零星几朵成不了气候。而黄得耀眼的麦田似乎在一瞬间让视觉苏醒，还有那浅紫淡雅的薰衣草与远处的显冷峻的祁连山脉形成了奇妙的色彩组合，古老的大地容光焕发。

这里还曾留下"玉花骢"和"照夜白"的足迹。为朝贡唐玄宗将义和公主下嫁，宁远进献两匹"胡种马"，玄宗为这两匹汗血宝马取名为"玉花骢"和"照夜白"。

唐代韩干的名画《照夜白图》将李隆基的坐骑"照夜白"，画得膘肥体胖，曾遭到杜甫的批评，但皇帝的宝马被精心喂养，年老的李隆基又无心骑射，自然不似汗血马的清爽。

回望千年历史，云淡风轻，仰视璀璨星空，苍穹无垠。河西走廊，成熟得像一位饱经沧桑的历史老人，看惯了古往今来的商旅走卒、世事更迭；也曾历经金戈铁马的峥嵘岁月，带来了一个民族的兴盛和崛起。

古朴而苍凉，浑厚而悠远，天高而路长，河西走廊独特的意境美，吸引我们远道而来。

054

第二部：

河西走廊

西风猎猎，战马嘶鸣，河西走廊驼铃余音传天际。河西走廊，犹如中原通往西域的一叶方舟，悬挂着祁连山脉的冰雪云帆，乘渡绿洲沙浪，羌笛启程，春风不逝。

2000年前，使者张骞踏上西去的探索征程，激情、欲望、喜悦、悲伤便在这里轮回上演。一代又一代行者经由它穿越时光，在漫漫旅途中坚持梦想与信念，开拓进取，历尽艰险依然生生不息，踏上河西走廊探索之旅。

"丹霞夹明月，华星出云间。"大自然的鬼斧神工将祁连山雕琢得奇峰突起、气势磅礴，七彩斑斓的丹霞地貌，犹如西天点燃的云彩，既有塞北风情又有南国风韵。

"万道霞光遮凤辇，千条瑞据罩龙楼。"据说元世祖忽必烈也生于此寺，穿梭于佛堂之间，徜徉于禅定之中，晨钟暮鼓，香烟缭绕。

张掖—敦煌：
出塞西行，感受千年走廊脉搏

"万里长城西起，边陲锁钥雄浑。"于天下第一雄关城墙之上回望大漠落日，云卷云舒，眼前仿佛是金戈铁马，耳畔依稀是鼓角筝鸣。

"银山四面沙环抱，一池清水绿漪涟。"山以灵而故鸣，水以神而益秀。相互依偎的鸣沙山与月牙泉如同一对浪漫情人，为苍凉的西北大漠带来一抹温柔旖旎。

"大梦敦煌，千年飞天。"偶然窥见的缤纷绚丽，如被风沙掩埋千年而忽然惊醒的梦，光芒万丈，不可触摸。

河西走廊不但是一条地理上的走廊，更是一座纵贯历史的长廊，丝绸之路的繁华，佛国净地的瑰丽，边关冷月的凄清，大漠孤烟的悲怆，起伏沧桑，一切的起源都在这里。遥远的驼铃声早已依稀，河西走廊也不再烟尘回荡，这里沉淀了太多的历史脚印与早已远去的文明。

大佛寺藏经阁里，藏有唐宋以来的佛经6800余卷。其中，《大明三藏圣教北藏》和金泥手书《大般若波罗蜜多经》，是镇寺之宝。

05 张掖：
西夏国寺，大佛涅槃的眼神

你或许参观过很多古寺名刹，但西夏大佛寺带来的感觉却是不同的。

它从西厦王朝走来，藏居于"塞北江南"，免于去面对那慢慢消磨一切的西北漫天的风和苍茫的戈壁荒漠。900年间，见证了丝绸之路的繁华和衰落，也见证了佛教的东进历程，越发令人感觉到其历史文化意义的厚重，而这份厚重让人只有肃穆的份。

明宣宗朱瞻基有更精准的评价："甘州，古甘泉之地，居中国西鄙，佛法所从入中国者也。"

古时，甘州佛寺林立，一城山光，半城塔影，连片苇溪，遍地古刹。其中，大佛寺——始建于西晋的迦叶如来寺最为知名。

迦叶如来寺与昙无谶被杀

迦叶如来寺知名是因为一个被谋杀的高僧，大佛寺闻名则是因为其帝王足迹。300年，西晋永康元年，作为大佛寺前身的迦叶如来寺约建于此。魏晋五凉时期，中原战火频仍，但河西一带相安无事。大批高僧避迹迦叶如来寺，传法布道。由于张掖东达长安，西通西域，南连青藏，北临漠北，西方僧人东来，迦叶如来寺成了落脚驿站。北凉时期，涅槃宗创始人、天竺高僧昙无谶驻锡迦叶如来寺。

昙无谶"博通多识，秘咒神验"且能让妇人多子，北魏太武帝拓跋焘投书北凉，邀请这位高僧前往。北凉国弱，国主沮渠蒙逊束手无策，拒则引来亡国祸端，遣则让昙无谶为敌所用。当时，昙无谶提出再赴西域求《涅槃经》后半部，沮渠蒙逊表面上大方地助其西行，却在路上暗杀了他。

昙无谶被杀，法进等昙无谶弟子造涅槃佛像。此后，北魏太武帝灭佛。这是佛教进入中国之后四次反佛——"三武一宗"运动之一。法进等人将涅槃佛像秘藏于迦叶如来寺之下，而后逃往西域，迦叶如来寺自此成为一片废墟。

北魏文帝拓跋濬解除佛教禁令之后，迦叶如来寺逐渐恢复，但到北周建德三年（574年），武帝宇文邕再次诏令灭佛。两次灭佛虽是一时运动，但来自帝王，破坏巨大。

隋文帝杨坚甫一登基，便尊崇佛教。《隋书》载，杨坚生于佛寺，在寺中由尼姑智仙养到13岁。杨坚下令恢复北周武帝废佛时破坏的寺院，位于张掖城内的万寿寺，在杨坚登基次年便得以重建。

唐初，张掖郡改称甘州。北宋时期，宁夏一带的党项族从回鹘手中夺取甘州。在攻占河西各州之后，西夏立国，大力尊崇佛教，设置僧官，甚至以马匹与北宋皇帝交换经书。1086年，年仅3岁的西夏崇宗乾顺即位，其母梁太后听政。

1099年，辽道宗派使臣到西夏，以毒酒害死梁太后，结束了梁太后的专权。崇宗在辽国的扶持之下开始亲政。他一改之前的"尚武重法"为"尚文重法",并进一步推崇佛法。

西夏永安元年(1098年),西夏国师嵬眐称从地下挖出一尊翠瓦覆盖的卧佛。大概在西夏贞观三年(1103年)西夏国寺——卧佛寺在迦叶如来寺的基础上建成,并赐额"卧佛"。

毁寺和护寺

如今的大佛寺大佛殿绘有《西游记》和《山海经》壁画,安放有国内最大的室内卧佛——佛祖释迦牟尼的涅槃像。他安睡在大殿正中高1.2米的佛坛之上,佛身长34.5米,肩宽7.5米,耳朵约4米,脚长5.2米。大佛的一根中指就能平躺一个人,耳朵上能容8个人并排而坐。在卧佛左右侍立的阿难尊者和迦叶尊者都面带戚容,唯有佛祖坦然微笑,以示寂灭圆满。佛祖身后有十大弟子群像,旁有优婆夷、优婆塞及十八罗汉等塑像,还有罗汉若干,分列两侧,泥胎剥落,侵蚀斑斑,依然保持原貌。

整尊卧佛先造木架,然后用木条拼出身体,最后敷泥妆金。佛身及佛首内均有密室,藏有历代信徒供奉的经文珍宝。卧佛的下腹部有明显的修补痕迹。讲解员解释说,这是在"文革"期间被"红卫兵"破坏而后修复的痕迹。1966年,"红卫兵"用炸药炸毁卧佛,没想到卧佛腹部打开后,涌出了当初放置礼佛的石碑、铜佛、铜镜、铜壶、佛经等,还有一块铅牌,记载了明成化年间地震。"红卫兵"忙于夺宝,忘了灭佛。当初礼佛信徒不会想到,礼佛也能救佛。

佛像内部的木质骨架是西夏原物。在殿后的藏经阁里,藏有唐宋以来的佛经6800余卷，其中《大明三藏圣教北藏》和金泥手书《大般若波罗蜜多经》，是镇寺之宝。

《大明三藏圣教北藏》于永乐八年（1410年）雕印，到明英宗正统五年（1440年）完成，集经、律、论三大部，共收佛经1621部6361卷。颁赐的《大明三藏圣教北藏》历时5年才运抵张掖，归藏大佛寺。驻守张掖的太监王贵，购置名贵的绀青纸，延请书画名家，用金泥、银泥书写《大般若波罗蜜多经》。序文以金泥书写，经文以银泥书写，凡"佛""菩萨""世尊"等称谓，再用金泥加以重描，每卷卷首扉页用金线描绘佛画一幅。

清初米喇印、丁国栋反清复明，发动回民起义，进入卧佛寺"搜装锦甲"，损毁佛经900余卷。雍正元年（1723年），青海罗卜藏丹津叛乱，川陕总督年羹尧率师进驻甘州平叛。是年六月，年羹尧得知甘州城南崇庆寺喇嘛与罗卜藏丹津勾结，下令诛杀该寺喇嘛30余人。这一事件导致西北更大规模的叛乱，许多藏传佛教僧人纷纷加入。年羹尧下令死守甘州城，两年之内，卧佛寺沦为兵营。4年的平静之后，征西大将军岳钟琪率师西征，卧佛寺再次沦为兵营仓库。

1937年，日机轰炸兰州。大佛寺僧人将佛经转移到祁连山深处，后又秘密运回，经橱砌在藏经殿的后柱间。此后，藏经的秘密，由寺中住持代代相传。1949年后，本觉比丘尼住进藏经阁殿旁的小房子里，对此秘密一直讳莫如深。

1975年，看守佛经的本觉贫病交加，在破炕起火中不幸圆寂。工人拆毁过火的房子，在炕下发现一个地道，通道的尽头，就是完整的 12 橱经书。

在肃穆的大殿里，你一定会感叹佛像的伟大、寺院建造者的伟大、经书翻译与抄写者的伟大，但我认为更伟大的，是本觉比丘尼这样的以身护法者。正如大殿前的对联所书："创于西夏，建于前明，上下数百余年，更喜有人修善果；视之若醒，呼之若寐，卧游三千世界，方知此梦是真空。"

如今，踏入大佛寺正门，再进入中轴线上的大佛殿，佛祖释迦牟尼的涅槃像平静地侧卧在我们眼前，金装彩绘，形态逼真，笑看红尘纷争。

传说泛滥的大佛寺，元顺帝是宋恭帝的儿子？

> 卧佛长睡睡千年长睡不醒；
> 问者永问问百世永问不明。

这是大佛寺山门的副楹联。大佛寺还有哪些秘密？

相传，元世祖忽必烈之母因为大佛寺佛法灵验，即将临盆的她前去朝拜许愿，在寺中产下忽必烈。由于太后信奉基督教，忽必烈便在大佛寺中增建基督教建筑，并将佛寺易名十字寺。

元顺帝孛儿只斤·妥懽帖睦尔被传出生于十字寺，甚至被传为宋恭帝赵㬎之子。

宋恭帝赵㬎即位时只有 4 岁，在位仅两年，随母降元。他被押送到大都后，受封为瀛国公，安置在上都。至元二十五年（1288 年），

062

「丹霞夹明月，华星出云间。」大自然的鬼斧神工将祁连山雕琢得奇峰突起、气势磅礴，七彩斑斓的丹霞地貌，犹如西天点燃的云彩，既有塞北风情，又有南国风韵

元世祖忽必烈派18岁的赵㬎到吐蕃学习佛法，实际上是逼迫他到西藏出家。

赵㬎到吐蕃后，长期住在萨迦寺，法号"合尊法宝"，曾任总持之职。赵家的人文化素养一脉相承，赵㬎在吐蕃很快就学会了藏文，还翻译了《因明入正理论》《百法明门论》等作品。赵㬎在扉页题字，自称"大汉王出家僧人合尊法宝"。

元英宗至治三年（1323年），合尊大师吟诵《在燕京作》：

寄语林和靖，梅花几度开？
黄金台下客，应是不归来。

这首诗给这位亡国之君招来杀身之祸。陶宗仪《南村辍耕录》认为："二十字含蓄无限凄戚意思，读之而不兴感者几希。"诗中藏典，不太好理解，先解释一下。

林和靖就是林逋（967—1028），写出名句"疏影横斜水清浅，暗香浮动月黄昏"的那位隐居诗人。他在西湖孤山植梅养鹤，终生不仕不娶，"以梅为妻，以鹤为子"，人称"梅妻鹤子"。黄金台，故址在今河北易县东南。相传燕昭王筑此台，置千金于台上，以招延天下贤士。这里代指燕京。

这首诗的意思是：我真想请人捎信，问一问杭州的林逋，自从我离开后，梅花又开放了几度？我这黄金台下的异乡之客，应该是不能够再回去了。

宋朝以文治国，宋太祖的咏月诗："未离海底千山墨，才到中天万国明。"以恢宏浩大的帝王气象开国,而赵㬎则以凄凉深沉的故国哀思结束了自己的生命。元英宗听闻此诗,派人杀死了53岁的赵㬎。

又有传说,合尊大师被赐死的地方就在卧佛寺。汉文《佛祖历代通载》有这一句:"至治三年四月,赐瀛国公合尊死于河西,诏僧儒金书藏经。"有人因此认为:"瀛国公是英宗至治三年被赐死于河西的。"但也有人以"赐瀛国公"是独立成词,认为赵㬎没有被赐死。宋亡以后,宋恭帝曾徙居元大都、上都、乌斯藏、甘州[01]等地,是中国历史上游历最远的一位汉人皇帝。至于是不是死在大佛寺,存疑。

元顺帝被传是宋恭帝的儿子则与元文宗的宫廷斗争有关。在元明宗和世㻋避难金山期间,纳了一名回族女子罕禄鲁迈来迪,并与她生了妥懽帖睦尔。迈来迪生下妥懽帖睦尔后便去世了。

元末明初人权衡撰《庚申外史》,说瀛国公驻锡甘州山寺时,封地位于汪古部旧地及居延一带的赵王曾以一回族女子与之,此女子即元顺帝生母迈来迪。延祐七年(1320年)四月,回族女生一子。时值还是周王的元明宗流亡西北,过甘州山寺,见赵㬎幼子,"大喜,因求为子,并其母载以归",将该母子收为己有。

明代时,这说法传得有板有眼。明人袁彻又记载明成祖朱棣曾览历代皇帝画像,发现元顺帝长得像宋朝皇帝。这一故事在明代广

---

[01] 一说还有谦州,今俄罗斯图瓦共和国境内。

「万道霞光遮凤辇，千条瑞据罩龙楼」，据说元世祖忽必烈也生于此寺，穿梭于佛堂之间，徜徉于禅定之中，晨钟暮鼓，香烟缭绕

为流传,被认为是宋朝德泽绵延、天道报复元灭宋室,才让宋恭帝生了元朝的亡国之君。出现这种传闻的原因,大概与元文宗曾昭告天下,称妥懽帖睦尔非元明宗之子有关,现代学者多认为这一说法仅系野史记载,荒诞不经。清代《四库全书总目》认为此说乃宋遗民伪造,明人"附会而盛传之"。

元顺帝与赵宋皇族,风马牛不相及,这种血统勾兑,是汉地百姓对异族统治不满的自然流露。

故事还没有结束。蒙古史籍记载,元顺帝北逃时,有一个哈屯(皇后)弘吉剌氏已怀孕3个月,被朱元璋俘虏纳为妃子。这位哈屯祈祷再怀3个月再分娩,以免被朱元璋发现,果然她怀了13个月生下了皇子,这就是后来的明成祖朱棣。所以蒙古人认为明成祖朱棣实为元顺帝的儿子。

如此说来,宋元明三朝的皇帝血脉相通,改朝换代换汤不换药。这真是一厢情愿。

不过,大佛寺与皇亲国戚之间的关系倒是密切。据统计,从西夏至清季,有8位皇帝和3位皇太后与张掖大佛寺或许有过关系,其中有四位皇帝敕赐寺名——1103年,西夏乾顺帝赐"卧佛寺";1419年,明成祖赐"弘仁寺";1427年,明宣宗赐"宝觉寺";1678年,清康熙帝赐"宏仁寺"。

张掖是古丝绸之路上的著名商埠,隋炀帝于大业五年(609年)西巡时曾驻于此,会见了西域27国的君主和使臣,还亲自举办了规模盛大的互市。隋炀帝还令河西一带的仕女聚于张掖,盛装艳服夹道迎宾,奏乐焚香,歌舞喧哗。相传杨广的行宫就设在迦叶如来寺,杨广接见高昌王,并让随行高僧为高昌王讲《金光明经》。

大漠孤烟,声声驼铃,古老的丝绸之路总是以这样经典的镜头,定格在历史的记忆深处。但盘桓在张掖的几日,眼前尽是杨柳、芦苇,如果不是远处隐约出现的祁连山脉,我们甚至忘记已身处河西走廊中部。

今天我们踏上的这片土地,或许也印有2000年前开拓者先行者们的足迹,那么远,又这么近。中华文明的精魂渗入这山重水复、默默无言的大地上,承载着厚重的历史、灿烂的文化以及开拓进取的民族精神,无一不让我们沦陷其中,带着朝圣之心追随而来。

06 嘉峪关：
左宗棠与林则徐的隔空相遇

从武威到嘉峪关的312国道，一眼望出去该是怎样？有人喜欢用"有如箭矢穿过般笔直"来形容。

这符合嘉峪关的气质。我们沿着祁连山脉一路向西，车窗的左边是祁连山脉，右边则是一望无际的戈壁滩，有时还能见到戈壁上一排排的风力车。将近中午时分，驱车来到嘉峪关下，凛冽寒风，高高耸立在蓝天下的城楼和城墙，显得巍峨厚重。

张骞两次出使西域，正式打通了丝绸之路，开启了与西域的经济、文化、贸易往来联系；与此同时，为了防御西域的外来入侵，长城也开始了修建。一通一堵，看似矛盾，却唯独相遇在嘉峪关，这里也成为丝路文化与长城文化的唯一交会点。

嘉峪关古为西戎地，秦属乌孙，汉初为匈奴所占。汉武帝元狩二年（公元前121年），骠骑将军霍去病击破匈奴右地，"始筑令居以西，初置酒泉郡"。南北朝为前凉、西凉、北凉、西魏所据，唐属酒泉县，宋被吐蕃、回鹘、西夏占领，元属肃州路，明归肃州卫，设嘉峪关所。造访天下第一雄关，穿越历史迷雾，我们能否触摸到它的前世今生？

嘉峪关的前世今生

嘉峪关北依黑山，南据祁连山，两山对峙，中间只有一条 10 多公里宽的通道，无疑是建关的首选地点。

宋元以前，此地有关无城。明太祖朱元璋派征虏大将军冯胜率兵西进追歼元朝残余，通兵法的冯胜选址建关筑城。他由瓜、沙回肃州，相度地形，认为肃州西 70 里的嘉峪地区是河西走廊最狭窄之处。

明洪武五年（1372 年），嘉峪关城开建，历时 168 年，于 1540 年完工。正如《秦边纪略》所记："初有水而后置关，有关而后建楼，有楼而后筑长城，长城筑而后可守也。"为固守雄关，明王朝将关城外居民悉数内迁，将大片土地抛弃，它由此成为闭关锁国的城垣。

明弘治八年（1495 年），肃州兵备道李端澄在西瓮城外侧又筑有罗城。它是应敌的正面，"凸"字形城墙全部用砖包砌，异常坚固。罗城的南北两端建有"箭楼"，为观望关西、关南、关北烽火之设施，其两端与外城墙相接，外城墙又与关城南北的长城相连。

嘉峪关的关门，就设在罗城城墙正中，面西的门楣上高题"嘉峪关"三个大字。城关之上，在那些角楼、敌楼、箭楼中巍然鹤立的是"光化楼""柔远楼"和"嘉峪关楼"，它们同为三层三檐歇山顶形制的楼阁，东西成列对称，立于一条中轴线上。远远望去，罗城和西城柔远门、东城光华门连成一线，拔地凌空，像三位大将军列队镇守着西域要道。

漫步关城之上，天空布满阴霾，颇有黑云压城之势。西风依旧凛冽，祁连山依旧白雪皑皑，600年来似乎从未变过，但人间已是沧海桑田。

及至当代，长城衍变成了景点，而嘉峪关作为明长城的西起点，因建于嘉峪山麓得名，是明代万里长城最西端的关口，与渤海边上的山海关和北京的居庸关同为长城上的重要关隘。作为景点，相较于山海关、居庸关，嘉峪关更令人神往。

想当年，远离故土的戍边将士或许也曾在月圆之夜仰望夜空，思念着家乡的亲人，徒留一声叹息；然而在战乱的年代，沙场血染，马革裹尸，古来征战又有几人回？如今，战火的硝烟已经散去，但活着的人们却从不会忘记，正是他们的英勇无畏，赋予了嘉峪关屹立的灵魂。

游览嘉峪关已近中午，因为雨过，起风时卷起漫天黄沙朦朦胧胧，接近晌午时分，空中飘起细碎的小雪花。极目远望，中轴线上是关帝庙，北面是嘉峪关最高统帅游击将军官邸，游击将军府对面有一座戏楼，上书"篆正乾坤"。戏楼的对联颇有戏说的意味：

离合悲欢演往事，
愚贤忠佞认当场。

嘉峪关内传说多。相传明正德年间，有一位名叫易开占的修关工匠，精通九九算法，所有建筑，只要经他计算，用工用料十分准确和节省。监督修关的监事官不信，要他计算嘉峪关用砖数量，易

「万里长城西起,边陲锁钥雄浑」,于天下第一雄关城墙之上回望大漠落日,云卷云舒,眼前仿佛是金戈铁马,耳畔依稀是鼓角筝鸣。

开占经过详细计算后说:"需要九万九千九百九十九块砖。"监事官依言发砖,并说:"如果多出一块或少了一块,都要砍掉你的头,罚众工匠劳役三年。"竣工后,只剩下一块砖,放置在西瓮城门楼后檐台上。易开占说:"那块砖是神仙所放,是定城砖,如果搬动,城楼便会塌掉。"至今,这块砖仍然保留在嘉峪关城楼之上。

爬上最高处的烽火台,极目来时处,绿洲静卧,高大的城墙背后,是昔日鸣金击鼓的战场,是繁华过、落寞过、生过、死过、英雄纵酒过、美人垂泪过的所在。

林则徐和左宗棠的隔空出关

雄关锁喉,出关仿佛有着一腔豪迈的情感,尤其在屡屡西征的年代。

1876年,左宗棠指挥多路清军讨伐阿古柏,收复除伊犁外的新疆全部领土。1880年5月,为收复伊犁,68岁的左宗棠再次西征,抬棺出嘉峪关驻军哈密,终与俄方签订了《中俄改定条约》。左帅班师,身后是脱离10余年的疆土和勃勃生机的左公柳。

殊不知"壮士长歌,不复以出塞为苦"的左宗棠,与曾国藩交恶多年,两人曾有一次对联互讽,曾国藩上联嘲笑:

季子自称高,仕不在朝,隐不在山,与人意见辄相左。

左宗棠下联还击:

> 藩臣当卫国，进不能战，退不能守，问你经济有何曾？

但是，在军国大事上，曾国藩对左宗棠的称赞并不吝啬："虽起胡润芝于九泉，亦不能及左季高之成就，余子不足言矣。"

与嘉峪关隔空交集的，还有左宗棠的前辈林则徐。

1842年10月8日，道光二十二年九月初五，林则徐满身征尘到达肃州。经过短暂休整，更换了大车车轴之后，于初七日出发，抵达嘉峪关。当夜宿于东罗城内的嘉峪关驿舍，"司关官吏来问所带仆从及车夫姓名，告以人数"。第二天早晨，策马出关，见"西面楼上有额曰'天下第一雄关'"，感慨万千，写下了著名的《出嘉峪关感赋》，其中第三首：

> 敦煌旧塞委荒烟，今日阳关古酒泉。
> 不比鸿沟分汉地，全收雁碛入尧天。
> 威宣貳负陈尸后，疆拓匈奴断臂前。
> 西域若非神武定，何时此地罢防边。

1849年，林则徐途经长沙，要见在家耕读的左宗棠。37岁的左宗棠匆忙湖中拜见，却不慎落水。林则徐与左宗棠长谈，并送上自己在新疆绘制的地图。27年后，林则徐已离世多年，左宗棠带上地图，西出嘉峪关。

我边走边低头寻觅，想找到一支箭镞，或一块甲片、一颗铁蒺藜，借以开启千百年岁月的封缄，走近昔日的金戈铁马。但四顾茫然，这条昔日商贾络绎不断、驼铃不绝于耳的古道早已埋藏在沙砾之下了。

西风萧萧,大漠渺渺,及雄关而独望,集百感于一身。站在城墙上眺望,不曾去过的方向,经过了黎明与朝阳,更多的是戈壁与荒山,一切都是黄色衬托着戈壁上的点点骆驼草,一直延伸向远方。今人不见古时月,今月曾经照古人,对于历史我们无法参与其中,只能继续着我们的故事。

再厚重的历史,总会有一种读懂它的方式。

苍茫的戈壁一望无际,祁连山脉依旧与我们同行;天空乌云密布,低沉到了地平线,车队飞驰在高速公路上,大美敦煌就是我们的目的地。

从武威到嘉峪关的312国道,一眼望出去该是怎样?有人喜欢用"有如箭矢穿过般笔直"来形容

07 敦煌：
永远的是飞天的思念

敦煌，始终需要有敬畏之心。我们仰望大佛，双手合十，内心敬畏。

有人说，没有到过敦煌，就等于没有跋涉过丝绸之路。丝绸之路的鼎盛时期，这里关卡要塞，东西方商旅南来北往，也带来了经略、经济、文化、建筑艺术，甚至是时尚方面的融会交流。沿着张骞的足迹，踏着班超的马蹄，向往飞天壁画，我们来到了敦煌。

敦煌，这个有着厚重文化气息名字的地方，就像是一棵根深叶茂的大树，一头扎进历史的漫漫黄沙，另一头伸入每个人的梦想。

涉黄河，翻乌鞘，别丹霞，过雅丹……千百年来，关河冷落，大漠孤烟，穿过历史的走廊，敦煌在肆虐的狂沙中站出了自己的姿态，虽不妩媚奔放，却吸引着无数人想要靠近。走近它，依稀能听见辉煌与失落交织的文化音符，窥视到历史与现实叠加的璀璨星空，酣睡在一场醉了千年也不愿醒来的大梦里。

梦幻莫高的美与痛

有人说，敦煌不仅仅是一个地理名词，更是一个精神坐标，一处文化高地。当我走近敦煌，真正震荡心灵的，是在进入莫高窟的那一瞬间。

因为铭刻了太多的民族文化记忆，敦煌几乎成了一种代代相传的文化基因。从瓜州到阳关、玉门关，我总以为，在敦煌还可以看见那段嵌入戈壁、沙漠的汉唐史，未必有铁马金戈，却一定有悠悠羌笛。

45000平方米的壁画，2000尊雕像，单单这些数字，就在心中留下一个解不开的谜，迷惑在那遥远的地方，在那遥远历史长流中，在那漫漫黄沙里，会留下一个怎样的敦煌？

自乐尊和尚云游到敦煌，看到三危山金光万道，状若千佛，感悟到这里是佛光宝地，并于前秦建元二年（366年）在鸣沙山崖壁上开凿了第一个佛窟之后，敦煌的刻石文化从此绵延不绝、长盛不衰。"莫高"，莫能与之高，在中文里有"举世无双"之意。366年至1368年，莫高窟经过连续近千年的不断开凿，成为集各时期建筑、石刻、壁画、彩塑艺术为一体的佛教艺术宝库，是宗教、文化和知识的交会处。大到莫高窟的开凿，小到每块石碑的雕琢。又因为年复一年的开放，而渐渐地损毁、消逝、变色、风化……当我真正看到千年莫高窟内那些带着伤疤的疮痍，那些被抠掉的金粉和眼睛，我还是痛了。

一路走来，各种石窟悉数参观，这里的破坏和损毁是天灾，更是人祸，尤其在"文革"期间，窟内佛像遭受的破坏，更是空前。

在讲解员的引导下，我们参观了开放的10余个洞窟。其中印象最深的，除了321窟那飞姿优美的"敦煌飞天"之外，还有"藏经洞""九层楼"和"卧佛"。

穿越历史的烟云，回到1900年王道士在莫高窟偶然发现的那个藏经洞。洞里藏有4世纪至14世纪的历代文物五六万件，这是20世纪初中国考古学上的一次重大发现，震惊了世界，此后又由此发展出著名的敦煌学。

如今走近017藏经洞窟，只看到一尊塑像，除去王道士贱卖的经文，所剩经文不到1/5。我想起余秋雨在参观敦煌莫高窟时写道："这是一个巨大的民族悲剧。王道士只是这出悲剧中错步上前的小丑。一位诗人写道，那天傍晚，当冒险家斯坦因装满箱子的一队牛车正要启程，他回头看了一眼西天凄艳的晚霞，那里，一个古老的民族伤口在滴血。"

回望那空空的藏经洞，我的心也点点滴滴地被触痛。

走近一个个洞窟，莫高窟的壁画和塑像精彩绝伦宏大异常，我想不明白开凿并绘制这些洞窟的真正动力是什么。通常说应该是信仰。但那洞窟里又有太多世俗的物件，有供养人的画像，有世间的森严等级，有来自局限人脑的想象……对于"信仰"二字，我深知我有多么苛刻和敬畏，我理解中的信仰应该是高于生活、内容大于形式的、以众生平等世界和平为目的的……鉴于此，面对那一个接一个的洞窟，面对那或精美或粗糙的壁画和塑像，我叹服那些工匠的技艺，却始终无法赞同那些供养人的动机。

我很想参观完所有的佛像，但因为承载量，我们只参观了其中几种类型，例如中心柱窟（支提窟）、殿堂窟（中央佛坛窟）和覆斗顶型窟等。较大的高、宽各数十米，较小的只在尺寸之间。早期石窟保留下来的中心塔柱式窟型，显然是外来形式，反映了古代艺

080

莫高窟是一个让人痴迷若狂的去处，有着与生俱来的华美、绚丽和神秘的气质，把梦幻色彩渲染到了极致。就着微弱的光线，我们仿佛被带进一个光芒四射、剔透明亮的梦中。历史通过颜料、画笔、雕刀复活了，岁月幻化成满窟的浓彩重墨

看莫高窟，不是看死了千年的标本，而是看活了千年的生命。当岁月斑驳了庄严肃穆的表象，呼之欲出的只剩下欢快腾跃的生命张力

084

术家的开放心态。在多个洞窟外保存有较为完整的唐代、宋代木质结构窟檐，这种木结构古建筑实物具有极高的文物价值。

彩塑有佛像、菩萨像、弟子像以及天王、金刚神等，形式多样。而敦煌石窟艺术中数量最大、内容最丰富的部分是壁画，包括尊像画、佛经故事画、经变画、佛教史迹画和开窟造像功德主肖像等。这里汇集了不同朝代的艺术风格，尤其是代表了中国佛教艺术高峰的盛唐时代。

每个洞窟都会看到飞天题材的壁画。无论是隋唐的飞天，还是宋代的飞天人物，眉目轮廓及体形姿态线条十分清晰，身材修长，昂首挺胸，双腿上扬，双手散花，衣裙飘带随风舒展，由上而下，徐徐飘落，像在空中游弋的双燕，似乎在踏访一个陈旧的梦境。

听完讲解，前行抬眼看见了炽烈的阳光。

我们从楼外开的两条通道进入，去观看楼内的弥勒大佛。讲解员说，这座佛像是唐代初建，宋代修复，高34.5米，是中国第三大佛，也是世界"室内第一大佛"。我注意到，容纳大佛的空间下部大而上部小，平面呈方形。两条通道成了大佛头部和腰部的光线来源。

由于684年武则天托名弥勒佛当政，各州县相继建大云寺供奉弥勒佛。这尊大弥勒佛像便是一例，它修建于695年，由禅师灵隐和居阴祖等共同建造。坐佛从头到脚，体形圆浑饱满，气度雍容，表情庄重，佛头微微下俯，眼光下视，人在窟底仰视，与佛目光相接。

唏嘘赞叹声中，走至第158窟。在这个建于中唐时代的窟内，状若棺椁，西壁前面的佛坛上横卧着长16米的释迦牟尼涅槃像，那半合半睁的双眼，那枕手横卧的睡姿，坦然安详。佛经上讲，涅槃并非死亡,是指经过无数生死轮回后获得的新的精神境界,即不生不灭,也是成佛的标志。

因此,雕塑家塑造了释迦牟尼涅槃时从容不迫、心绪坦然、对未来充满希望和自信的神情。而抬眼看这身卧佛像周围举哀的菩萨弟子和帝王雕像,因为修行不一,有的号啕大哭,有的痛不欲生,有的坦然肃穆,有的幸灾乐祸……涅槃卧佛、举哀的弟子和镇静的菩萨构成动—静—动—静的情感变化,无一不表现出释迦牟尼涅槃时的神圣。讲解员感叹:"参观完坐着和躺着的佛像,看到一幅幅鲜活的壁画、一尊尊鲜活的雕像,如果大家在千年的长廊中能洞悉佛像雕塑艺术的真谛,那也就不虚此行了。"

走出洞窟,临近晌午,顶着骄阳,回望千年莫高,看到莫高广场反弹琵琶的飞天舞女。

这尊飞天雕塑,体态清瘦,琵琶置于背后,飘若仙子,迎来送往中见证着莫高窟的时代变迁。

仰望飞天舞女那优美的舞姿,想起数字中心播放的纪录片《千年莫高》和巨大球幕影厅《梦幻佛宫》,心中情绪时时在翻滚。1600多年过去了,这里的阳光依然灿烂辉煌,三危山依然峥嵘突兀,宕泉河依然静静流淌,九层楼在阳光的照射下依然熠熠生辉。

莫高窟是一个让人痴迷若狂的去处,有着与生俱来的华美、绚丽和神秘的气质,把梦幻色彩渲染到了极致。就着微弱的光线,我们仿佛被带进一个光芒四射、剔透明亮的梦中。历史通过颜料、画笔、雕刀复活了,岁月幻化成满窟的浓彩重墨,从一幅幅壁画和一尊尊雕像上,我们仿佛听到了历史的脉搏。

看莫高窟，不是看死了千年的标本，而是看活了千年的生命。当岁月斑驳了庄严肃穆的表象，呼之欲出的只剩下欢快腾跃的生命张力。没有楼台烟雨，只有关河冷落；虽然风沙肆虐，却有飞天曼舒广袖的典雅；质朴和高贵，雄放与精美，在敦煌绽放出绚丽且魅惑的奇葩。最辉煌的艺术与最壮阔的生命在这里交集，满窟的浓彩重墨，幻化成岁月，写满民族的辉煌与沧桑。

鸣沙山里的月牙泉

"就在天的那边很远很远，有美丽的月牙泉。她是天的镜子沙漠的眼，星星沐浴的乐园。那年我从月牙泉边走过，从此以后魂儿绕梦牵。"田震的这首《月牙泉》，从进入鸣沙山，低沉而唯美的歌声就一直萦绕在耳边。眼前，雄伟壮观的沙山一座连着一座，沙峰起伏，如虬龙逶迤。数百公里，茫茫沙海，不知何处是尽头。

鸣沙山，峰峦危峭，山脊如刃，经缩复初；人乘沙流，有鼓角之声，轻若丝竹，重若雷鸣，此即"沙岭晴鸣"。

我们选择了骑骆驼游览鸣沙山。走进鸣沙山月牙泉风景区正门，向右走50米左右，数以百计的骆驼在那里恭候来自四面八方的游客。骆驼虽大，却很温驯，五人一组牵连，一个带队驼手引领。骑坐之上，踏着细沙，一摇一摆，一颠一顿，顺着起伏蜿蜒的沙山前行，耳边响起清脆的驼铃声。

随着驼铃声响，成群的骆驼载着游客往来穿梭于各个沙山中，恍惚让人看到当年商旅的影子。沿着骆驼缓缓的步履，想象重走一下几千年前诞生这灿烂文明的丝绸之路。

  这里的沙山光滑而有韵致，山与峰相互独立又紧密联系，高低错落，明暗相间。骆驼踏着平稳的步伐前行，我却一直心潮起伏、澎湃涌动。一种庄严神圣的感觉，是如浪似涛、激荡拍空的遐思。时至主峰，下骆驼，离峰顶还有一截近似直立的路。爬至峰顶可以滑沙，感受"沙岭晴鸣"的奇谲。

  看着这不高的沙峰，意欲一口气冲至山顶，孰料这沙地松软，细沙绵绵，使劲愈大，陷得愈深，爬得愈累，无奈作罢。

  沙漠中没有路。无论来往行人和骆驼行队行走多少遍的老路，风一过，依然无痕。踩着细沙，顶着骄阳往前走，眼前一亮，恍惚看到一弯新月，月牙泉就这样惊现在我眼前。千百年来，任尔风沙肆虐，如同一弯明月，不在天上，却映在沙漠中，历经千年不曾枯竭。有一首诗词这样描写鸣沙山月牙泉："晴空万里蔚蓝天，美绝人寰月牙泉。银山四面山环抱，一池清水绿漪涟！"

  站在小沙坡上望月牙泉，只见泉边芦苇茂密，水映沙山，山水相依，微风起时碧波荡漾，风平时清澄如镜。

  月牙泉的存在最早见诸文字记载，据说是东汉《辛氏三秦记》："河西有沙角山，峰锷危峻，逾于石山，其沙粒粗色黄，有如干糕。又山之阳有一泉，云是沙井，绵亘千古，沙不填之。"沙井即今之月牙泉。清代苏履吉曾有《敦煌八景咏》，其中的《月牙晓彻》写月牙泉：

    胜地灵泉彻晓清，渥洼犹是昔知名。

> 一湾如月弦初上,半壁澄波镜比明。
> 风卷飞沙终不到,渊含止水正相生。
> 渴来亭畔频游玩,吸得茶香自取烹。

月牙泉古称沙井,弯曲如新月,因而得名。沙不进泉,水不浊涸。泉内有铁背鱼、七星草,专医疑难杂症,又有"药泉"之称。

相传,这里没有鸣沙山也没有月牙泉,而有一座雷音寺。有一年四月初八,寺里举行一年一度的浴佛节,善男信女都在寺里烧香敬佛,顶礼膜拜。当佛事活动进行到"洒圣水"时,住持方丈端出一碗雷音寺祖传圣水,放在寺庙门前。忽听一位外道术士大声挑战,要与住持方丈斗法比高低。只见术士挥剑作法,口中念念有词,霎时,天昏地暗,狂风大作,黄沙铺天盖地而来,把雷音寺埋在沙底。奇怪的是寺庙门前那碗圣水却安然无恙,还放在原地,术士又使出浑身法术往碗内填沙,但任凭妖术多大,碗内始终不进一颗沙粒。直至碗周围形成一座沙山,圣水碗还是安然如故。术士无奈,只好悻悻离去。刚走了几步,忽听轰隆一声,那碗圣水半边倾斜变成一弯清泉,术士变成一摊黑色顽石。原来这碗圣水本是佛祖释迦牟尼赐予雷音寺住持,世代相传,专为人们消病除灾。由于外道术士作孽残害生灵,便显灵惩罚,使碗倾泉涌,形成了月牙泉。

而月牙泉得名还有一个传说,当年唐三藏去西天取经,途经敦煌,因为是无际的沙漠,没有水没有食物,白龙马干渴而死,唐僧艰难跋涉,终于也快要倒下了,此时正被观世音菩萨看在眼里,为了祝他成功,所以从紫金瓶里滴下一滴金水,瞬间在茫茫沙漠里出现一汪月牙似的清泉,于是唐僧获救了,便继续向西天取经。

遥远的传说已经远去,留下的是这汪沙泉相依的月牙泉。我们一路前行,来到北岸,往前走,月牙阁赫然矗立在沙泉之上。从来没有在大漠中看到建筑的感觉,所以,眼前这几座楼宇,格外有沧桑感。

从月牙泉角沿石壁小路,我们登上月牙阁。这里据说原有娘娘殿、龙王宫、药王洞、玉泉楼、雷音寺等一大片雕梁画栋的古建筑群。沿着长廊询问阁里工作人员,问及月牙泉成因,他们解释说:"一、

月牙泉是附近党河的一段古河道,由于不断得到地下潜流的补给,因而不枯竭;二、附近断层升降导致潜流渗透涌出成泉;三、这里原是风蚀洼地,当风蚀积累达到潜水面深度时形成泉湖;四、认为月牙泉形状好似人工刻意修饰,可能是古人人力劳作而成。"

但无论早先是某种或多种成因,"风夹沙而飞响,泉映月而无尘"的月牙泉仍然是一个谜,吸引着往来如织的人们前来一睹她神秘的面容。阳光下,我轻躺在泉边沙地上,眼望沙山与蓝天,一种从未经历的景色和心旌荡漾心间。这时,耳边又传来:"每当太阳落向西边的山,天边映出月牙泉,每当驼铃声声掠过耳边,仿佛又回月牙泉……"

鸣沙山向东的脚步到莫高窟便戛然而止,大概它也知道,这里是莫高窟。

故事永远不会终结

"敦者,大也。煌者,盛也。"以敦煌为题材的文化艺术作品不在少数,在很多人眼中,敦煌是一部叫《敦煌》的纪录片,是一部叫《丝路花雨》的歌舞剧。但在我眼中,敦煌却是一首诗、一首歌:

你曾在橄榄树下等待再等待 / 我却在遥远的地方徘徊再徘徊 / 人生本是一场迷藏的梦 / 且莫对我责怪 / 为把遗憾赎回来 / 我也去等待 / 每当月圆时 / 对着那橄榄树独自膜拜 / 你永远不再来 / 我永远在等待 / 等待等待 / 等待等待 / 越等待,我心中越爱这首《等待——寄给死者的恋歌》是西部民歌歌王王洛宾写给三毛的歌，她的遗物就葬在了敦煌鸣沙山。

我觉得，后人再去深究二人之间是在错误的时间来不及相守的忘年爱情，或是惺惺相惜彼此欣赏的友情，都已经显得不那么重要了。重要的，是笔墨之间的相知，是"知我者谓我心忧，不知我者谓我何求"的浪漫——人生长行寂寥，赏心悦目者少，有人终其一生也只是为了等待一个人、一声呼唤。

好在，还会继续前行，希冀用千年文化洗礼后的内心，换来下一路古道阳关丝路玉笛的奖赏。

2000年前，使者张骞踏上西去的探索征程，激情、欲望、喜悦、悲伤便在这里轮回上演。一代又一代行者经由它穿越时光，在漫漫旅途中坚持梦想与信念，开拓进取，历尽艰险依然生生不息。

那一路叮当驼铃，穿行在无尽的沙漠。巍巍的雪山，曾阻断多少人的脚步。

汉武帝情牵西域、霍去病远征匈奴、张骞不辱使命、苏武牧羊18年……近千年来又有多少动人的西域故事在歌咏传唱。

第三程，我们从敦煌出发，途经哈密、鄯善、吐鲁番直至乌鲁木齐，遇见最美的日出和晚霞，寻找属于自己心中的旷远和宁静。

096

第三部：
西出阳关

"羌笛何须怨杨柳，春风不度玉门关。"道尽了这里的悲壮与苍凉。历史的烽烟不见，战争的号角不闻，尘埃落定后，只有空城在此，也许还有孤魂一缕难以回乡。

"凡瓜甜而美者，皆哈密来也。"瓜熟季节，哈密瓜田一望无垠，青、白、橙、金、褐等色哈密瓜繁星点点般散落其间，风乍起时，犹似一幅活的油画满铺天地间，涌动甜香。

"葡萄美酒夜光杯，欲饮琵琶马上催。"走进了酒庄，仿佛穿越了时空走进了楼兰古国那段尘封已久的历史，我愿意在那神秘绵长的楼兰葡萄酒故事里流连，长醉不醒。

"赤焰烧虏云，炎氛蒸塞空。"千佛洞旁的泥塑雕像依然静默，身形斑驳破旧的佛祖慈眉善目地笑看世间芸芸众生，试想千余年前到这里朝拜的信徒该有着怎样执着信念？

"昔汉武遣兵西讨，师旅顿敝，其中尤困者因住焉。地势高敞，入

敦煌—乌鲁木齐：
古道阳关，玉笛吹彻滚滚风尘

兴旺盛，闻名高昌。虽历经2000多年的风风雨雨，然而矗立在四周的高大城墙、马面、大殿、佛塔、僧房等让我们仍能遥想高昌国当年的兴盛繁荣。

在"一片青烟一片红，炎炎青烟欲烧空"的吐鲁番能够出现"苍藤蔓架覆檐前，满缀明珠络索园"的生命奇迹，奥秘之一就是那犹如人体血脉的"地下水长城"坎儿井群。

"西域珍宝的流光溢彩"，西藏博物馆37000多件馆藏历史、民族、革命等各类文物和标本，381件国家一级文物，荟萃了古代东西方文明的绚丽风采。

丝绸之路留下的古道印迹，千年西域文明沉淀展现。这一次就让我们西出阳关，穿越大漠、去西域寻找，寻找古人那孤独的失意凄凉和猎猎西风中的一弯冷月，寻找哀怨的羌笛和那火热的丝路浪漫。

雅丹魔鬼城坐落在茫茫戈壁中,曾经是水草丰美的河谷。河流干涸之后,在大风的不断侵蚀下,逐渐形成了与盛行风向平行、相间排列的风蚀土墩和风蚀凹地(沟槽)地貌组合

08 玉门关：
金戈远去，春风何处

玉门关活在了唐人的诗歌里。"长风几万里，吹度玉门关"（李白）；"玉门关城迥且孤，黄沙万里百草枯"（岑参）；"青海长云暗雪山，孤城遥望玉门关"（王昌龄）；"借问梅落凡几曲，从风一夜满玉关"（高适）。但，王之涣吟诵下的《凉州词》，那悲壮苍凉的情绪，让人难以拒绝对这座古老关塞的向往。

这是每一个来到玉门关的人都会吟诵的古诗，尤其是目睹了在风沙中残存的玉门关之后，更会有壮士悲歌之感。所以，当我动笔写玉门关的时候，本想免俗不提王之涣老先生，但这首诗怎么也绕不过去：

> 黄河远上白云间，一片孤城万仞山。
> 羌笛何须怨杨柳，春风不度玉门关。

玉门关前，春风难度。王之涣写下这首《凉州词》时，唐玉门关在何方？如今已经找不到确切的所在。但它无论在哪里，一定都是西风猎猎严冷刁寒，一定都有将军百战折戟沉沙的肃穆。

玉门关是目前敦煌地区最古老的一座城池。它是开拓西域的前沿堡垒，又是丝绸之路通商口岸，负责征税、缉私、保护商旅的安全。

从这道大门西去,就踏上了著名的丝绸之路中道,沿塔克拉玛干沙漠北缘,经罗布泊、吐鲁番、焉耆、库车、阿克苏、喀什到费尔干纳盆地。

相传,西汉时西域和田的美玉,经此进入中原,玉门关也因此而得名。可见玉门关也是丝绸之路的一个重要驿站。一匹又一匹的骆驼从玉门出发,又向玉门归来,驮着沉重的货物,胡天飞雪,大漠沙歌,商人不绝,脚印遍布西域。

不敢望到酒泉郡,但愿生入玉门关

我们从敦煌市驱车约 90 公里抵达玉门关遗址,这里西距罗布泊东沿约 150 公里。玉门关并非一个独立的关口要塞,而是一个规模宏大、构筑完整的古代防御体系,以玉门关遗址为中心呈线性分布,长约 45 公里,宽约 0.5 公里。在这条线性遗址区域内,有 2 座城址、20 座烽燧和 17 段长城边墙遗址。这些烽燧或立于沙梁土台上,或修在风蚀台地上,或筑于戈壁湖滩上,用沙砾土夹芦苇、胡杨木和红柳枝,或用土坯夹芦苇,其中两座城址即是小方盘城遗址(玉门关)和大方盘城遗址(河仓城)。

1907 年 4 月,英国人斯坦因在小方盘城遗址发现了那枚标明"玉门都尉府"字样的汉简,认定这里就是玉门关所在地。1943 年 10 月,考古学家夏鼐、阎文儒又在这里发掘出写有"酒泉玉门都尉"字样的汉简。此后,史学界认定这里就是汉代玉门关。

这座四方形小城堡,矗立在戈壁滩的沙岗岩上。小方盘城关城虽经两千余年的风雨剥蚀，但墙垣尚存。黄土墙垣的残骸，伤痕累累的墙体，仿佛在诉说着岁月沧桑和历史剥蚀。北墙坡下有一条东西走向的大车道，是中原和西域诸国来往和邮驿之路。登上观景台，四周虽然空旷，但依然是绿洲的痕迹，远处隐约能看到古长城残壁蜿蜒，烽燧兀立，偶有几棵胡杨树，近处则是沼泽洼地，生长着芦草和红柳。

千钧一发的重要关口，为什么不设在类似嘉峪关的隘口，而设在一马平川的孤城之地？尤其是从空中俯瞰玉门关，会发现这里毫无遮挡，作为关隘并不险要。其实，在西汉，出城门的沼泽地或许是护城河，秦长城东西阻拦，马鬃山在北边横亘，南边则沿着敦煌西塞墙一直通向阳关，塞墙和烽燧以外是望而生畏的库姆塔格大沙漠。只是，长城不在了、沼泽干涸了，所以这里才变得平常无奇。

玉门关是丝绸之路上旅人的前行灯塔和沙场将士的心灵归途。他们望见玉门关、阳关，要么行在正途，要么死而足矣。对于无法回到出生之地的远征军来说，要么战死沙场，要么凯旋故里，而铁蹄进入了两关，就回到了故乡——精神的故乡。因而，东汉驻守西域31年的都护班超垂暮之年上书陛下："臣不敢望到酒泉郡，但愿生入玉门关。"

这就是玉门关的力量。

它更大的力量是"锁水"。玉门关的设置，因水而起，锁住水源，就有了"万夫莫开"的自信。在以骆驼、马匹为交通工具的古代，要想穿过大漠就必须择水而行，流淌在长城沿线的疏勒河，成为玉门关的军事防线。

玉门关还是没能避免变成残垣的命运。在这旷野中，它所有的同伴都走了，只剩下它对抗着大漠肆虐的风沙和无边的寂寞。回首黄昏下的玉门关，它与孤单的黄色、低洼的芦草为伴，它的记忆只在那鼎盛的大汉王朝。

　　王朝已远，烟尘断绝，终被废弃。因为这座汉代的玉门关，被后来的王朝遗忘。

　　汉玉门关外的三陇沙、白龙堆等沙漠、盐碱地带，地形复杂，环境险恶，历来被视为畏途，到隋炀帝设立伊吾郡以后，丝绸之路又开辟了由晋昌到伊吾的新北道，即国道312线，玉门关东迁到了瓜州境内。

　　大概从东汉永平十七年，也就是74年，玉门关又向东内迁。这就是唐玉门关。

　　唐代玉门关迁移到瓜州遗址，一直众说纷纭。据记载，玄奘在瓜州晋昌城询问西行路程，"或有报云：从此北行五十余里有葫芦河，下广上狭，洄波甚急，深不可渡。上置玉门关，路必由之，即西境之襟喉也"。但是，唐代《元和郡县志》记载，玉门关在晋昌城东20步。

　　唐玉门关就像大漠上的海市蜃楼，在史书上清晰而又模糊，而实地则已经尘埃落尽，荡然无存了。

据两关，阳关西出无故人

　　西汉时期，汉武帝征服匈奴、收复河西后做的第一件大事就是

"列四郡,据两关",四郡就是耳熟能详的酒泉、武威、张掖、敦煌,两关即是阳关、玉门关。

玉门关与阳关互成犄角,相互策应,一阴一阳,拱卫中原王朝一方平安,又连通西亚欧洲诸国,实为古代中国最主要的海关要塞。

渭城朝雨浥轻尘,客舍青青柳色新。
劝君更尽一杯酒,西出阳关无故人。

同样,诗人王维的《渭城曲》让阳关至今名声犹盛。阳关设在敦煌西南一片叫南湖的绿洲上,巨大的湖泊在唐代叫寿昌海,它是疏勒河最西端的一个支流,南湖绿洲曾经是汉代龙勒县、西晋寿昌郡的所在地。

据《旧唐书·地理志》记载:"阳关,在县西六里。"玄奘从于阗经罗布泊回国,唐太宗接到玄奘的文书后,命令敦煌太守到阳关迎接。元时,马可·波罗入境后也经停阳关。

阳关关城早已荡然无存,连绵的沙丘之间,依稀可见断断续续的古代墙基。在阳关旧址曾发现古代铁制生活用具、生产用具。那些房基、陶片、铜器在时时提醒着我们,一个偌大的古代城池就在脚下。

敦煌是中原王朝最西边的一个城,所以,阳关、玉门关是敦煌西边最主要的关口,是长城的组成部分,理应固若金汤。但,阳关关城或毁于一场史无前例的大洪水。敦煌博物馆原馆长荣恩奇认为:"沙子底下是澄泥,肯定有过洪水,在这个澄泥底下才是农田的痕迹、

104

玉门关是丝绸之路上旅人的前行灯塔和沙场将士的心灵归途。他们望见玉门关、阳关，要么行在正途，要么死而足矣

房子的痕迹、城墙的痕迹，这就说明阳关毁灭之前经过了一场洪水。洪水冲刷以后，植被破坏了，露天的渠道都完了，人们没办法才迁徙走了，西南方向和其他地方刮的风沙，慢慢侵入了，所以阳关就没了。"

金戈争鸣让人心生敬佩，凋零残垣又让人心生怜悯，也许苍凉寂寞也同样可以拨动人的情怀。离开玉门关，我们便出发前往雅丹魔鬼城。

距罗布泊不远的雅丹魔鬼城

雅丹一词来自于维吾尔族语，意为"陡峭的山丘"，是干旱地区一种典型的风蚀地貌。雅丹魔鬼城坐落在茫茫戈壁中，曾经是水草丰美的河谷。河流干涸之后，在大风的不断侵蚀下，逐渐形成了与盛行风向平行、相间排列的风蚀土墩和风蚀凹地（沟槽）地貌组合。

坐着游览车，进入雅丹地貌腹地，成百上千的风化石伫立在茫茫戈壁上。如果不是开放为景点，这里定会荒无人烟，只有千奇百状的石头摆着各种让人类去想象的造型。

雅丹魔鬼城也没有摆脱俗套，第一处景点叫"金狮迎宾"，风沙石酷似一头狮子，如草原之王一般傲视着整个雅丹王国。最后一个景点叫"西海舰队"。导游口口相传着这个"故事"：某年某位军方首长来到此地，看到星罗棋布的土丘阵列向着同一个方向，仿佛整装待发的舰队，便说："中国有东海、南海、北海舰队，就是没有'西海舰队'，就叫'西海舰队'吧。"

雅丹地貌之所以被称为魔鬼城，是因为这里地处风口，一年四季狂风不断，最大风力可达 10～12 级，如箭的气流在怪石山间穿梭回旋，发出尖厉的声音，似魔鬼嚎叫。此外，这里距离罗布泊并不遥远，更为魔鬼城增添了神秘色彩。

也许是因为白天进入雅丹的关系，我们丝毫没有感觉到暗沙飞舞、狮吼狼叫，而是像走进一个千姿百态、扑朔迷离的梦幻世界。大概经过了亿万年的历程，这里的土丘也备感无聊，于是幻化出各种形态来打发时间。

不知道还要过多少年,这些土丘才会知道自己的结局,就只能跟自己做着一个个魔术般的游戏,让生活变得不那么枯燥乏味。穿梭在大自然的鬼斧神工中,想象这些土丘度过漫长岁月的历程,也许跟我们一样背负着困惑、感伤和美好。

一座玉门关,半部河西史。

玉门关经过漫长历史的无数次变迁,其原址已经变得虚幻,而玉门关已经成为历史的符号,永不磨灭。

回首玉门关,阳光下仍是一片苍凉。这是一个遥远得连春风都不愿意眷顾的地方,但有着中国人的怀古情感和西行执念。

一个威名远扬的关城,为什么消失于一片沙海?这座城池的最后一缕炊烟又是什么时候消失的?

玉门关,更多的谜团等待着解开。

09 哈密：
大唐西域，玄奘遇险记

出敦煌，一路西行，哈密出现在前方。同样是敦煌出发，同样经过玉门关，玄奘走得艰难，甚至是在命运的眷顾下，才得以幸存。

我们就边走边聊聊玄奘一辈子都刻骨铭心的这次遇险。及至晚年，玄奘会常常回忆起这段西行的旧事。弟子慧立在玄奘去世后，曾综合辨机的部分手稿和自己听闻玄奘生前的口述，撰写了《大唐大慈恩寺三藏法师传》。由于这份传略对玄奘的求法经历记录不够完整，慧立直至临终前才示之于世。

这段玄奘最苦难的经历，与"莫贺延碛"有关。

"莫贺延碛"，夜则妖魑举火，昼则劣风拥沙

"莫贺延碛"，又称八百里瀚海，位于伊州（哈密）与安西之间。今天依然是甘肃与新疆的天然壁垒，是一片最为艰险的戈壁。在古代丝绸之路上，这是一片死亡之地："长八百里，古曰沙河，目无飞鸟，下无走兽，复无水草。"

《大唐大慈恩寺三藏法师传》这样形容"莫贺延碛"："夜则妖魑举火，灿若繁星；昼则劣风拥沙，散如时雨。"没错，在这里，玄奘遭遇了西行途中最为险恶的考验。

贞观三年（629年）秋八月或者更早的时间，玄奘孤身一人在戈壁中蹒跚而行。他对河西的路途险恶并非无知，"洄波甚急，深不可渡的葫芦河"，守卫森严的关外五烽等类似的警告，都没能阻止这位朝圣者的步伐。

玄奘没有那么多门徒保护他，只有一位叫石磐陀的徒弟陪在他的身边，两人一起离开玉门关。但一路的艰辛让石磐陀改变了主意。据说在一个月黑风高的夜里，这位胡人动过杀气。但是，玄奘的庄严法相，让他胆怯，放弃了恶念。与孙悟空去了必回不同，这位徒弟离开后，再也没有回来。

玄奘孤独地前行了80多里后，见到了第一座烽燧。在离烽燧不远的地方取水时，不小心被守城的官兵发现。他们把玄奘捆绑起来，押送到守卫要塞的最高长官——校尉王祥那里受审。王祥并没有按照私自渡关追捕令的指示，把玄奘押回京城，而是违命送玄奘出了关。其实，玄奘到达凉州时，就已经是戴罪之身，没有"过关文牒"，是一名按照大唐律法可判处一年监禁的偷渡者。

校尉王祥不但放行了玄奘，还护送出关10里，并把他介绍给了第四座烽燧的长官王伯陇。据说，王伯陇接待了玄奘，临别时还送了盛水的皮囊和干粮。

离开五座烽燧，玄奘走进"莫延贺碛"的腹地。很快，玄奘迷了路，还失手打翻了水囊。这意味着噩梦开始了，在一个白天气温四五十摄氏度，晚上冷彻心扉孤寂荒凉的鬼地方，没有水就是死路一条。

玄奘想到了放弃，等来的命运他比谁都清楚。但是，在掉转马头往回走了10多里后,"若不至天竺,终不东归一步!"这句誓愿拉住了他,他转而旋辔,继续西行。

大漠孤雁、残阳似血,茫茫戈壁中,玄奘倔强的身影仿佛自奔绝路。不要以为玄奘日夜兼程地赶路,如果这样的话,玄奘早就体力透支倒地而亡。白天,玄奘在小沙丘的阴影里避暑,晚上,繁星满天的"莫贺延碛"里,一个渺小的身影在负笈夜行,那才是玄奘,那是属于他的赶路时间。

在接下来的四夜五天里,我不知道玄奘是否后悔他当初的决定,这位29岁的年轻人滴水未进。真正帮助他走出困境的是那匹枣红色的瘦马,这是一匹识途的老马,它把玄奘带到了一口泉水旁。

这时,天亮了,眼前是一片绿洲,老马跑过去啃草,玄奘发现了这眼泉水。在这片草地上,玄奘停留了一天,第二天带足了水,继续西行。两天后,他走出了流沙大漠,来到了伊州城。

伪造的玄奘讲经处

在一间小寺庙里,玄奘见到了3位中原来的僧人。其中一位老僧衣不及带,跣足出迎,抱住玄奘大哭,这位汉僧没有想到还能活着见到汉人。在伊州,玄奘暂住了10天。玄奘离开伊州6天后,到了高昌国,结束了最艰难的西行之路。

2015年秋天,我们也看到了一眼清泉,在哈密南湖一座有点像烽燧的三层佛塔旁,位于离佛塔两米远的土丘上。当地人说,无论是冰冻三尺的冬日,还是赤地千里的夏季,泉水依然长流不息,

112

泉池旁立了一个解说碑，名曰圣泉。传说玄奘在困顿焦渴中喝了这里的泉水，因而感念在此讲经3天，佛塔便是后人为此而建。

114

在哈密,我品尝着哈密瓜的香甜,那边木卡姆响起,轻快灵巧的舞蹈跳起来了。

千年不断。

泉池旁立了一个解说碑,名曰圣泉。传说玄奘在困顿焦渴中喝了这里的泉水,因而感念在此讲经3天,佛塔便是后人为此而建。

历史已经过去了1000多年,当年玄奘经过的地方,更确切的地方当在哈密市五堡乡以北残垣之地。所以,真正的圣泉之地,应在白杨沟大佛寺。

不过,这座佛塔与白杨沟大佛寺、庙儿沟佛寺形成了一个大三角。在这三束佛光的普照下,哈密绿洲正好处于这个三角形的中心地带,顶着"西域襟喉,中华拱卫"的头衔,在佛气的氤氲中从容而淡定。

我们不知道玄奘在哈密,是否品尝过甜瓜。相传,哈密瓜本无名,只因甜味而被百姓称为"甜瓜"。在1899年元旦的朝廷宴席上,它被康熙以进贡的产地名赐名"哈密瓜"。

自此,历代回王,一年一小贡,三年一大贡,采用"驼运"或"马运",沿着丝绸之路进京朝贡,让哈密瓜在中原闻名遐迩。

西境的异域风情已经渐渐迷人眼。在哈密,我品尝着哈密瓜的香甜,那边木卡姆响起,轻快灵巧的舞蹈跳起来了。

作为"人类口述与非物质文化遗产代表作",在单调和荒僻的天地之间,"木卡姆"是一大片耀眼、华丽、繁荣的音乐的宫殿。在哈密,如果你的耳中突然充斥了一种洪亮、清脆的乐声,这一定是哈密艾捷克这一古老乐器发出的声音,它奏响的旋律也一定是豪放且伤感的哈密木卡姆了。

10 鄯善：
楼兰古国去哪儿了？

人们都说，能歌善舞是维吾尔族人的天性，但脑海中，也仅止于那美丽的姑娘在悠扬顿挫的伴乐中扬起充满异域风情的舞姿。可谁也没有想到，这片盛开歌舞的天地原来早就有了音乐的精魂，那就是木卡姆。

在哈密木卡姆传承中心，我们有幸得以一览这古老艺术的全貌。

"木卡姆"源自绿洲，人们常说它是"绿洲玫瑰，沙漠甘泉"。因为它就像一股清澈透亮的甘泉从天山而来，将戈壁打湿，照亮心灵。12套古典音乐大曲，热烈又深沉、古朴又悠扬、欢快又忧伤，讴歌着维吾尔族千年来的生活智慧和甜蜜惆怅的爱情故事。

在漫长寂寞的丝绸路上，枯燥无比的戈壁滩中，这几十位古典诗人吟唱出心灵篇章，这座华美灿烂的音乐宫殿，交流荟萃了东西方音乐文化大量信息的西域大曲，想必能让那些孤独的商旅心中繁花盛开。

带着木卡姆飞翔起舞的韵律，我们从哈密赶往鄯善。途中几片云带来了一场淅沥的小雨，远处的天山看起来愈加大气磅礴，冷峻阴暗。原本以为会在雨中摘葡萄，没想到来到楼兰酒庄，又是一片艳阳天。

12套古典音乐大曲,热烈又深沉、古朴又悠扬、欢快又忧伤,讴歌着维吾尔族千年来的生活智慧和甜蜜惆怅的爱情故事

还没进园子，就感觉香气四溢，玫瑰香等上百个葡萄品种让人眼花缭乱。笔直的垄沟、整齐划一的葡萄架，藏在绿叶后面的一串串水灵的葡萄，十分害羞腼腆。这里光照充足，还有得天独厚的天山雪融水浇灌，摘一个葡萄来尝，甜而不腻。

酒庄地窖中的橡木酒桶香气迷人，西域壁画别出心裁，只想在这酒香中长醉不醒。醉梦中，我想起了楼兰古国和楼兰美女。

古楼兰与楼兰女

1981年4月中旬，中国社会科学院考古研究所在新疆罗布泊发现了楼兰少女古尸。楼兰少女盛放在由两块掏空的树干制成的棺木中，外面用羊皮包裹着。打开棺木，死者仿佛安睡，头戴尖顶毡帽，身裹毛线毡毯，脚穿补过的皮靴。外露的面容可以看出死者年龄不大，脸庞姣小，鼻高眼大，长长的眼睫毛清晰可辨，浓密的金发略呈卷曲，散垂在肩后。

眼大鼻高，下巴尖翘……人类学家对以古墓沟为代表的罗布泊早期人骨资料做了人种鉴定，结论为原始欧洲人种，即欧罗巴人种。

古楼兰人入葬时均裸体，通身包裹在毛线毯中，外露双脚，穿皮靴。在一具男尸的腹部边放着一呈三角状的石鞭，长仅3厘米，这意味着楼兰人生前逐水草而居。

2011年7月，北京地铁里，一位女子在炎炎夏日里包裹严实，以"楼兰美女"的穿着炒作。

楼兰女真的美若天仙吗？"楼兰女"生前并无太多的文字记

载,死后却留给世人无限的遐想空间。这与楼兰女是欧亚混血儿有关。蒙古人种与欧洲人种的分界在楼兰和敦煌之间,楼兰女多是混血。

历史上,"楼兰美女"在丝绸之路上的确久负盛名,西域王公贵族皆愿娶楼兰公主为妻,甚至令佛门高僧失魂落魄。《魏书》记述了这样一个故事:420年前后,克什米尔高僧昙无谶来鄯善弘传佛法,受到美貌的鄯善公主曼头陀林的诱惑。他竟然不顾佛门禁令和这位楼兰公主发生私情。这件宫廷丑闻不幸败露,昙无谶不得不仓皇逃往甘肃武威。

楼兰古国为什么消失了

楼兰,一个谜一样的存在。

"沙河中多有恶鬼、热风,遇则皆死,无一全者。上无飞鸟,下无走兽,遍望极目,欲求度处,则莫知所拟。唯以死人枯骨为标识耳"。楼兰的衰亡出现在高僧法显的著作中,400年,他西行取经,途经楼兰国附近。

断壁残垣,已是奢侈,只剩下遗址,在巴音郭楞蒙古自治州若羌县北境,罗布泊的西北角、孔雀河道南岸的7公里处。

据《史记》记载,楼兰人在公元前3世纪立国,受月氏的统治。公元前177年至公元前176年,匈奴打败了月氏,楼兰又受匈奴管辖。西汉时,塔里木盆地一直处于匈奴与汉王朝的争夺之中。楼兰王不得不派出两个王子,分别送往匈奴和汉朝当质子。楼兰在西汉时有居民14000多人,士兵不足3000人。绿洲小国楼兰不得不在大国的夹缝中生存。

公元前 138 年至公元前 126 年，西汉派张骞出使西域，在《史记·大宛列传》中记载了张骞到西域后的实地见闻和对楼兰国的印象："国最在东垂，近汉，当白龙堆，乏水草，常主发导，负水担粮，迭迎汉使。"

2015 年 9 月 7 日，"寰行中国"重走丝绸之路，虽然没有途径昔日繁华的楼兰国，可是楼兰国在 4 世纪前后的突然消失，让我们心向往之。

楼兰文书并没有解释楼兰、米兰和尼雅为什么被遗弃，虽然这种遗弃与环境恶化有关，但考古学家在尼雅发现了健康树木化石。耶鲁大学历史学教授、汉学家芮乐伟·韩森认为尼雅遗址的种种迹象表明，撤离的居民还想回来。好几处地方存有小米，文书也被小心翼翼地掩埋，甚至在洞口留有标记，以便回来寻找。他们有足够的时间离开这里，因为当地没有留下有价值的东西。

1900 年 3 月，瑞典探险家斯文·赫定沿塔里木河向东，到达孔雀河下游，想寻找行踪不定的罗布泊。3 月 27 日，探险队到达了一个土岗。斯文·赫定去寻找水源，一座古城出现在他们的面前：城墙、街道、房屋，甚至还有烽火台。

斯文·赫定在这里发掘了大量文物，包括钱币、丝织品、粮食、陶器、36 张写有汉字的纸片、120 片竹简和几支毛笔……斯文·赫定回国后，对文物进行鉴定，确认这座古城是失落的楼兰国。

1934 年，考古学家贝格曼进入罗布沙漠，他请罗布人奥尔德克当向导，去寻找奥尔德克早前看过的，有 1000 口棺材、魔鬼在其中出没的墓地。考察队在一条无名小河畔，发现了三四公里处一座小沙山上密密麻麻的根根木柱。贝格曼从未见过如此与众不同的墓地，一根根高大而奇异的木柱足以震慑所有人。

不过，贝格曼1946年病逝，有关"小河墓地"的一切还没露出，就消失在人们的视线中。

1979年，新疆考古研究所开始对楼兰古城古道进行考察。在通向楼兰古道的孔雀河下游，考古队发现了大批古墓，其中几座墓葬外表奇特而壮观：围绕墓穴是一层套一层共七层由细而粗的圆木，圈外又有呈放射状四面展开的列木。整个外形像一个太阳，不由得让人产生各种神秘的联想。

望着已被大漠吞噬、一派荒凉的罗布大地，人们很难想象4000年前小河人在这里的生活。曾经存在过的罗布泊水域，是小河人的母亲河。20世纪初，斯文·赫定乘着罗布人的独木舟，在罗布荒原的河流中自由穿行，但周遭的一切已经消失得很久很久了。

流沙古墓藏着楼兰古国消失的秘密吗？有人认为是战争摧毁了楼兰城。作为重地，历史上月氏、匈奴、大汉、吐蕃等国都曾统治楼兰。在楼兰城周边的多处墓地可以看出，在同一区域同一时期的墓地葬有不同的人种。楼兰被占领后，入侵者有可能屠了城。

楼兰城在376年遭废弃。据考证，楼兰王国位于丝路北道的大片地区，其生态自4世纪开始恶化。尽管王国的政治中心早已南迁，并且拥有像米兰、精绝这样的肥沃绿洲和佛教圣地，然而在罗布泊西北岸水资源的紧缺，似乎威胁到了楼兰人的生存。

楼兰的消失与罗布泊的南北游移有关。斯文·赫定认为，罗布

124

泊南北游移的周期是 1500 年左右。3000 多年前有一支欧洲人种部落生活在楼兰地区,1500 多年前楼兰再次进入繁荣时代,这都和罗布泊游移有直接关系。

楼兰消失与丝绸之路北道的开辟有关。经过哈密、吐鲁番的丝绸之路北道开通后,沙漠古道被废弃,楼兰不再南来北往,它失去了往日的忙碌,贫瘠下去,直至荒芜。

对楼兰的亡国存在两种针锋相对的猜测,是湮于干旱还是淹于洪水。干旱说认为,汉、匈奴及绿洲国家的兼并战争,经常在楼兰国土上展开,植被破坏、水利废弛、沙进人退……3 世纪后,流入罗布泊的塔里木河下游河床被风沙淤塞,楼兰城断水。水资源的缺乏加上干旱,导致瘟疫暴发,楼兰居民弃城出走。洪水说则认为,在 1600 年前罗布泊洼地及其周边有大面积的森林,种类繁多的植被,飞禽猛兽出没,塔里木河、孔雀河等河流水源充足。孔雀河与楼兰古城平行且只有 22 公里左右,若是楼兰城缺水,完全可以从孔雀河引水入城。但由于战争频仍、人口激增、兵士屯田都要砍伐林木,荒漠化的楼兰河道淤积、河床抬高,而楼兰城建在高地平台上部,城外被水环绕,水位上涨,孔雀河与塔里木河注入楼兰城……

楼兰离我们太遥远了,遥远得连任何人都不知道它发生了什么。虽然逃亡的楼兰人一代一代地讲述着来自楼兰的故事,做着复活楼兰的梦,但梦到最后,连做梦的人都等不及,消失了。

楼兰,只属于风沙的领地,死亡的王国。

11 吐鲁番：
高昌故城，故国远去

　　高昌国是远离中原的西域 36 个王国之一，位于火焰山下，遗址在今天的吐鲁番。

　　"火焰山，有八百里火焰，四周寸草不生。若过得山，就是铜脑壳、铁身躯，也要化成汁哩！"在没有来到火焰山之前，对于它的想象便只能来自于吴承恩的描述。

　　真的站在山脚下，那种漫长无际的炽烈，似乎是正在延烧的大火，刚被铁扇公主的芭蕉扇扇灭不久。赭红的山梁倒像那传说中受伤染血的恶龙，触目惊心又奇特美妙。

　　"高昌兵马如霜雪，汉家兵马如日月，日月照霜雪，回首自消灭"，麴氏高昌国的灭亡时刻到了，它背叛大唐转投突厥，开始侵占邻国焉耆，焉耆国遂向李世民求助。侯君集西征伐高昌，玄奘的结拜兄弟退出了历史舞台。

玄奘与兄弟麴文泰的三年之约

　　虽然已经早早入秋，但火焰山依然没有丝毫凉意，不愿逗留，我更愿去凭吊千年高昌故城。《西游记》中，为翻火焰山，孙悟空和铁扇公主大斗法术,在真实的取经故事中,火焰山下并没有铁扇公主和牛魔王,但结拜兄弟的故事却真实存在。玄奘的兄弟就是高昌国的国王麴文泰。

高昌国举国信佛。玄奘到达高昌王城时,正是凌晨时分,从国王麴文泰本人,到王妃宇文玉波,再到王族大臣,甚至国王的母亲,无一不前来恭迎玄奘,礼数殷勤。不知玄奘是否会感慨道:在去哈密途中,他与死神擦肩而过,在高昌国,却遇到了西行途中最大的"粉丝团"。

玄奘被安置在王宫一侧的佛寺中讲经。因为,高昌国王和他的臣民们研习佛法时,经常会遇到一些复杂的文字和不懂的经文。东土大唐来了一位精于佛法的高僧,让笃信佛教的麴文泰如获至宝。麴文泰热情挽留阻挡玄奘西行,甚至以遣送大唐胁迫,但玄奘心有执念,以绝食相争。

礼佛的麴文泰不想逼死一位高僧,只好为玄奘送行。临行前,麴文泰写了24封通关文书,亲送到100里外的交河城。他们还结为兄弟,在高昌讲经约3年之久。

玄奘的西行不再是孤身一人,他带着29人的团队和足够往返20年所用的物资。但是,在翻越帕米尔高原时,一场雪崩灾难降临,随从死伤者十之三四,损失的马匹更多。之后,取经团队又碰到了呼啸而来的西突厥可汗和他的骑兵队伍。高昌王的礼品和书信派上了用场,可汗甚至派遣一队突厥骑兵护送玄奘。

据说,玄奘从天竺东归,决意沿丝绸之路北线,以便途经高昌国。然而,故人不在,麴文泰已逝,麴氏高昌被灭。在早前的贞观十四年（640年），大唐帝国兵临城下，麴文泰忧惧而死，其子麴智盛降唐，即"八月，侯君集克高昌，唐以其地置西州。九月，置安西都护府于交河城，置庭州于可汗浮图城"。这场战争不光有刀光剑影，也让高昌的马乳葡萄移入唐太宗的禁苑，高昌人酿制葡萄酒的技艺也传到了唐朝宫廷，长安人品尝到了"葡萄美酒"的味道。

麴文泰的高昌王国是宗教文化荟萃的宝地之一。佛教约在公元前1世纪传入高昌地区。高昌著名的高僧有道普、法盛、法朗、僧遵、法绪、智林、慧嵩等，他们或在本地修行佛道，或到内地传法译经。据载，齐时高昌僧人法惠曾去龟兹出家，返回高昌后，住在仙窟寺，宣教民众。隋炀帝曾遣高僧道乘到高昌国，为高昌王讲《金光明经》。

高昌城的西南角和东南角，各有一座寺院残存。东南角的寺院很小，只有半座塔和前面的一座支提窟；西南角的大佛寺，即使残破不全仍难掩气势恢宏。

大佛寺的大门、庭院、藏经楼、僧房等早已化为乌有，圆柱形的讲经堂也只剩下西面一堵墙。1300多年前的某日，众信徒跪地当凳，请玄奘法师踩背，登上法坛传经。如今，玄奘的讲经处也只剩下黄色夯土，但若仔细观察，佛寺的山门、讲经堂、大殿、藏经楼、僧舍等建筑布局依稀可辨。

讲经堂的西南方是大佛寺塔殿。我绕着供奉佛龛的中心柱转了一圈，龛壁上留着发黑的遗痕，那是因为土中含铁，与风沙"化反"的结果。三层21个小佛龛里佛像大多空空如也，这要拜德国"东方学家"勒科克所赐。他1902年至1904年4次到新疆考察，吐鲁番、

130

在真实的取经故事中，火焰山下并没有铁扇公主和牛魔王，但结拜兄弟的故事却真实存在。玄奘的兄弟就是高昌国的国王麴文泰

不能上山鞠一捧天山雪水,但坎儿井能够让你如愿以偿。坎儿井将天山雪水引到地势低矮处,清泉流过干热的荒漠,最终浇灌出了一片片绿洲。

喀什、库车、哈密都有他掠走中国文物的身影。然而,大量的壁画、雕刻及多种文字的文书、文献被带到德国后,半数毁于二战的炮火。

残垣断壁,宫斗如梦

往事已矣。

高昌故城,已是一座湮没在历史中的城市。它在享尽了人世间的繁华之后,只剩下屹立千年的残垣断壁。

阳光毫不吝惜地倾泻在满城断壁残垣间,隔着辽阔的戈壁,闻名遐迩的火焰山笼罩着一层缥缈的紫色与千年如斯的雪顶天山,把高昌故城照射得沧桑不已。

走进故城,昔日繁华的场景不再,几乎望不到头的黄土遗址,写满了寂寞。我难以想象,脚下有多少王侯将相在这里奔走宫斗、自相厮杀,如今权力和权谋都化作烟云,仿佛大梦一场。

千年王气的滋养和辉煌往事的沉淀,让这里的每一块土砖都厚重无比,仿佛一声声巨大的叹息在哀怨这风沙无情地吹拂。被黄沙湮没的是文明,而留下的是废墟,它是现代的幽灵,远古的文明。

高昌故城的文明是从公元前1世纪开始的,西汉王朝先在此屯田,后经高昌壁、高昌郡、高昌王国、回鹘高昌、火洲等变迁,又有阚、张、马、鞠等王朝迭代经营,一时风生水起。

回鹘高昌在此立国400余年,先后臣属于唐、宋、辽、西辽和元朝。回鹘高昌最盛时,城头旌旗凌空,城内佛寺林立,山谷石窟凿声阵阵,街市上商号作坊比肩而立,贩夫走卒南来北往。

宋时，回鹘高昌国王自称"西州外甥"，结朝廷欢欣。元时，回鹘高昌国王见西辽大势已去，元朝铁蹄将至，便杀死辽国驻高昌国监，归附蒙古帝国。元世祖忽必烈改回鹘高昌国为畏兀儿王国。

忽必烈继位后，察合台系与窝阔台系的西北蒙古宗王发动叛乱，双方展开对高昌的争夺。自至元十二年（1275年）始，西北叛王都哇、海都、卜思巴等多次围困高昌，大约在至元二十年（1283年）前后，高昌亦都护火赤哈尔的斤战死，余部拥立年幼的纽林的斤为亦都护。在元军的保护下，畏兀儿王国迁至河西走廊东部的永昌，后来的"神圣陛下"——亦都护都驻永昌遥领高昌军政。至15世纪初，高昌城已风物萧条，僧寺零落。

如果不是通过景区的介绍，这座残破的高昌城旧址，真的很难分清外城、内城和宫城，更看不出其布局略似唐代长安城。位于北部的宫城，留存高大的殿基。据说城内寺院附近还残存一些"坊""市"遗址，我站在遗址中间无法读出其历史信息。我只能想象这偌大宫城里，国王曾主持朝政，僧侣在念经诵佛，汉人、突厥人、回鹘人五方杂处。

我不清楚千百年前到底发生了多少惨烈的往事，但我震撼于它的文化多元性和宗教多样性。据说，高昌王麴伯雅还举办了一场类似于万国博览会的大型集会，各国商人云集于此。

在高昌故城挖掘出的500多座墓葬里，出土了大量的文书、墓志、钱币、泥塑木雕俑、陶木器皿等文物。高昌太过久远，很多文物已难辨识，满目是时间无情的影子，夺去了日月所赋予的精致，没了当初的生机。一望无际的残垣断壁，干涩凛冽的大漠朔风，落不尽

汉武帝情牵西域、霍去病远征匈奴、张骞不辱使命、苏武牧羊19年……近千年来又有多少动人的西域故事在歌咏传唱

的夕照残阳,让吐鲁番高昌故城,静听风的自答,空留日的俯视。

这一路行程,告别了祁连山,迎来了天山伴随左右。吐鲁番盆地炎热似火,但冰雪天山岿然不动,那山上的雪水滋味如何?想必十分清透冰甜。不能上山鞠一捧雪水,但坎儿井能够让你如愿以偿。

与长城、京杭大运河相媲美,被称为中国古代三大工程之一的坎儿井,是荒漠上聪明的百姓将天山的地下雪水引到地势低矮处,千条地下暗河,累计万里之长,清泉流过干热的荒漠,最终浇灌出了一片片绿洲。

猜不出楼兰古国消亡的谜底,看不透交河故城的生土墙,说不尽高昌故城的悲和欢,叹不完坎儿井地下奔流的人力维艰。吐鲁番的一块沙石,一捧清泉,一把黄土,似乎都在隐藏着厚重的历史,暗含着动人的传说。

离开高昌故城,城内"可汗堡"残塔侍立,如同一个茕然的背影。

背影远去。

那一路叮当驼铃,穿行在无尽的沙漠。巍巍的雪山,曾阻断多少人的脚步。一句"西出阳关无故人",多少文人骚客的眼泪洒在了穿越千年的断壁残垣中,声声驼铃与雁鸣,讲述着苍凉、荒渺的塞外风情。

如今当我们再次踏上这条西域大道,触摸古丝路背后的文化脉络,却不见藏在历史中的那份孤寂,而是阳关之外别有洞天……

"寰行中国"从敦煌出发,途经哈密、鄯善、吐鲁番直至乌鲁木齐,遇见最美的日出和晚霞,寻找属于自己心中的旷远和宁静。

第四部：
边陲天道

　　世界向东，我们一路向西，踏进"天山道"的关卡要塞地。千年之前，丝路商人历经山岩峻峭、戈壁沙漠和飞雪连霜的四季变幻，降服这段天险征途。

　　"寰行中国" 第四程，从乌鲁木齐出发，翻越天山踏上边陲天道，大地和征途。

　　"皑皑银雪山峰遍，方仞冰川草下天。" 连绵的雪域仙山直入苍穹，融雪溪水，清澈凉冽。峭峻陡崖湍急流，凝望想，渺茫沉醉，似百态嫣红。

　　"笑傲荒丘枕戈壁，鄙夷涸辙望云川。" 沙丘绵延，朔风飞扬，它在羯鼓羌笛伴奏下沉默。晚霞漫天，残阳妩媚，它更是漠漠黄沙前，龙骨虬枝的不朽神话。

　　"眠沙卧水自成群，曲岸残阳极浦云。" 独特迷人的西域草原下，除了暮云空碛时驱马，还有水草丰茂的九曲十八弯，独处或对视的天鹅，

乌鲁木齐—伊宁：
羯鼓羌笛，万仞冰川赴险征途

不慌不忙地振翅掠出湖面，天地之间竟然给人以波澜不惊之感。

西征的成吉思汗带着军队，由天山深处向伊宁进发，山中风雪弥漫，饥饿、寒冷引得人人疲乏不堪。不料翻过山岭就如进入了另一世界，眼前繁花织锦的莽莽草原，泉眼密布，流水淙淙，将兵士卒一片欢腾……天似穹庐，笼盖四野，风吹草低见牛羊。无垠的草原山花烂漫，成群牛羊犹如散落在金色地毯上的绣花图案，显得格外美丽，跨上骏马，纵情感受哈萨克风情的古朴浓郁。

"吾家嫁我兮天一方，远托异国兮乌孙王。"张骞浩浩荡荡出使西域，汉室和亲，一纸诏书江都公主远嫁乌孙。历史的长河滚滚向前，沧海桑田之间，伊人以身许国。

边陲征途的险道已被古人凿开，但沿途的秋景，却记录了这万千年的轮回变迁。登嶙峋万仞的冰川，举首望前路，人行天地间。

在开都河源头小憩,观赏水草丰茂的九曲十八弯,蜿蜒的溪流反射着天幕落下的光线,落日徐徐,朝霞映空,脑海中仿佛勾勒着那段艰险的东归之旅

12 乌鲁木齐：
丝绸之路上的十大寰行者

在丝绸之路上，你会遇到哪些伟大的寰行者？

你也许会首先想起汉朝，想到帝国的早期开拓者的文治武功，想起汉武帝，想起张骞……丝路延绵 2000 多年，人们从未忘记这些励精图治的人杰。

作为帝国时代的第一个鼎盛时期，西汉的"文景之治""汉武帝的大一统"，东汉的"光武中兴"，一直流传至今。汉帝国对西域的长期经营封疆拓土，张骞、卫青、霍去病和班超、汉宣帝……功不可没。跳出汉代的视野，更多大人物，鸠摩罗什、玄奘、李白、马可波罗……难以历数。

2015 年 8 月，我漫步在乌鲁木齐的街头，从担忧人身安全到大胆穿行，不停地克服着心理障碍。当年的"寰行者"们，他们或仅以匹夫之力，或指挥千军万马，这需要多么大的执念和信仰才能战胜恐惧和漫无边际的地平线？虽然他们心中有佛祖和敌人，但是也深信前方是魔鬼环伺的莫测世界。他们以血肉之躯，对抗着可怕的未知世界，除了致敬他们的步伐，我还能啰唆什么呢？

汉武帝、张骞、卫青、霍去病、汉宣帝：功垂西域

司马迁称他是"凿空西域"的人，梁启超赞他："坚忍磊落奇男子，世界史开幕第一人。"

他就是西汉张骞。

在陕西历史博物馆，一尊张骞的塑像屹立。无论展品如何调整，张骞通西域都无可撼动。要知道，陕西历史博物馆的馆藏文物多达370000余件，大量藏品实在是没地方陈列，但张骞的凿空西域之旅，不得不令众多国宝级文物"蒙尘"，为其塑像让道。

当我们翻开历史的画卷，可以清晰地看见他一生的成就：公元前139年，张骞受汉武帝派遣，带着100多个随从，出使西域，联络大月氏，共同抗击匈奴。张骞一行从陇西出发，很快进入了河西走廊。正当他们风尘仆仆地跋涉时，遇见了匈奴的骑兵，张骞等人全部被俘虏。公元前126年，匈奴内乱，张骞乘机逃回长安，向汉武帝详细陈情了西域的形势：月氏，一个曾经横扫北方草原的马背民族，战国初期便在中国北方过着游牧生活，"始月氏居敦煌、祁连间"；公元前177年到公元前174年，月氏被匈奴单于击溃，月氏国王的头骨成了匈奴头领单于的酒具，残部被迫西迁；公元前161年前后，在匈奴的压力下，月氏被驱逐出生活了300年的原住地。

张骞第一次出使西域，历时13年之久。虽然他没有完成出差任务，但是第一个凿空西域的人，也为《汉书·西域传》提供了实地考察资料。张骞不仅是一位探险家和外交家，还是一位不成功的将军。第一次出使西域之后，张骞因为熟悉匈奴的情况，就随军远

征匈奴。公元前121年,为了打通前往西域的道路,汉武帝组织了第二次对匈奴的大规模战役。张骞和李广奉命从右北平出发,策应霍去病的军队。

说到霍去病,没有人会怀疑他是一位"战神"。虽然他去世时只有24虚岁,但是战功却"不可一世"。唐建中三年(782年),礼仪使颜真卿向唐德宗建议,追封"大司马冠军侯霍去病"等64位名将。宋室依照唐例,为古代名将设庙,霍去病位列72位名将。

对霍去病的作战方略,网络上有不少深入的评价,认为是对汉军战术观念的革新:迂回纵深,穿插包围,以最快的速度完成迂回合围,从最薄弱的环节对敌施以毁灭性打击。

霍去病和卫青发起的对匈奴之战,改变了汉庭长期以来的防御状态,一举打败匈奴,匈奴王庭远迁漠北。

如果没有汉武帝,张骞、霍去病、卫青这几位英雄恐怕会失去建功立业的机会。这位西汉第七位皇帝,以军事手段代替和亲政策彻底解决北方的匈奴威胁,派名将卫青、霍去病三次大规模出击匈奴,收河套地区,夺河西走廊,封狼居胥,将当时汉朝的北部疆域从长城沿线推至漠北;在对匈奴发动战争的同时,采取和平手段和军事手段使西域诸国臣服。

公元前72年,汉武帝刘彻曾孙——汉宣帝刘询联合乌孙打击匈奴,设置西域都护府监护西域诸城各国,使天山南北这一广袤地区正式纳入西汉版图。在以制定庙号、谥号严格著称的西汉历史中,只有四位皇帝拥有正式庙号——即太祖高皇帝刘邦、太宗孝文帝刘恒、世宗孝武帝刘彻、中宗孝宣帝刘询。汉宣帝开创了国力强盛、四夷宾服、经济繁荣、民生富庶的最强盛汉朝。比如，汉匈相斗 70 余年，东自车师、鄯善，西抵乌孙、大宛，西域诸国尽归汉朝之列。

所以，始于张骞，成于郑吉；汉武之愿，汉宣实现。

班超、甘英：西域二代捍卫"丝绸之路"

"不入虎穴，焉得虎子"，是第二代"凿空西域"大神级人物班超书写的史诗般传奇故事。

东汉初年，匈奴骑兵南下，重新控制了西域各地，这种局面一直持续到 73 年。东汉帝国派遣大军攻伐北匈奴，班超当时在东汉政府窦固军中任职假司马，汉军出发后，班超仅带领 36 名壮士首先来到了鄯善国。

班超是东汉出使鄯善的第一个使节，鄯善王对班超等人礼敬备至，后来突然改变态度，疏懈冷淡。班超对部下说："宁觉广礼意薄乎？此必有北房使来，狐疑未知所从故也。明者睹未萌，况已著邪。"

的确，匈奴也派使者来与鄯善王联络感情，鄯善王这才变得心绪不安。班超认为："只有除掉匈奴使者，才能消除鄯善王的疑虑，两国和好。"

深夜，班超带领士兵潜到匈奴营地。他们兵分两路，一路拿着战鼓躲在营地后面，一路手执弓箭刀枪埋伏在营地两旁，一边放火烧帐篷，一边击鼓呐喊。匈奴人被大火烧死。鄯善王和好如初。

"不入虎穴，焉得虎子"的班超以其卓越的政治、军事才干，一路下鄯善、抚于阗、克疏勒，南征北战，使塔里木盆地南缘各地重属东汉。

班超在出使西域期间，还派部下甘英出使大秦。97年，甘英率领使团一行从龟兹出发，西行至疏勒，越葱岭，经大宛、大月氏至安息都城和椟城，后历阿蛮、斯宾、于罗，而抵条支。甘英到达了安息西界的西海沿岸，欲渡。当地船工对他说："海水广大，往来者逢善风三月乃得度，若遇迟风，亦有一二岁者，故入海皆赍三岁粮。海中善使人思土恋慕，数有死亡者。"甘英听罢放弃渡海再西行。甘英返回时，转北而东，行60余日抵安息，然后取道木鹿和吐火罗东归。

这是古代中国人最远的一次西行探险。然而，甘英一行到达波斯湾而未能继续西行，半途而废让他成为一个争议人物：为什么万里迢迢西使大秦，脚步却被波斯湾的海浪阻止了？

康有为认为这是甘英胆小怕死、缺乏探险家的气质所致。在康有为的笔下，中国近代文明的不发达都与甘英的怯弱有关。历史学家范文澜也持同样观点。

大多数的研究者还是认为安息人欺骗了甘英，正是安息人吓唬人生地疏的甘英一行，才促使甘英转而东还。他们认为，康有为对甘英的指责未免太过分了，因为甘英是班超率领的"不入虎穴，焉得虎子"三十六壮士之一，而且开辟了中国龟兹直到波斯湾边的西行路线。

安息商人为什么要阻拦甘英去罗马帝国？这与古代丝绸之路密不可分。中国和罗马是丝绸之路的起点和终点。处在中罗之间的安息商人垄断了贸易，靠转手丝绸买卖获利。西汉帝国和罗马帝国一

146

旦直接进行丝绸和珍宝的交换贸易，会让安息商人利益受损。

即便美国一些汉学家们连连抱怨甘英是"胆小鬼"，但甘英与张骞、班固一样，对丝绸之路的畅通，还是做出了非凡的努力。

回望凿空西域的历程，至今尤感惊心动魄。汉武帝、张骞、卫青、霍去病、班超、甘英……帝国的先驱们敢于冒险、敢为人先、勇于开拓，才有了东西文化和宗教对话的丝绸之路。这不禁让我想到了鸠摩罗什，想到了玄奘，想起了来自异域的李白和马可·波罗。

从鸠摩罗什到玄奘：7世纪的文化之旅

《天龙八部》里有一段情节。普渡寺道清大师合十道："善哉，善哉！方丈师兄此举真是莫大的功德，可与当年鸠摩罗什大师、玄奘大师先后辉映。"

鸠摩罗什，了解中国历史的人对这个名字大概不会太陌生，在武威有鸠摩罗什寺庙，弘一法师曾手抄鸠摩罗什译作《金刚经》。在龟兹克孜尔石窟广场，矗立着鸠摩罗什坐像，俊美、飘逸。在莲花座上，他双目微垂似在沉思佛经要义，他的沉吟思考穿越了千年时光。

383年，前秦世祖宣昭皇帝苻坚派大将吕光西征。384年，吕光攻陷龟兹，俘获鸠摩罗什。这一年，鸠摩罗什41岁。

吕光正准备带鸠摩罗什东归，前秦的形势大变。苻坚先是在淝水之战中大败，后在385年被姚苌勒死在五将山。早有异志的吕光趁机自立，在姑臧自称凉州刺史，年号太安，史称后凉。鸠摩罗什就这样羁留后凉。

杀死苻坚的姚苌也建立了一个国家——后秦。姚苌和其子姚兴都是惜才之人，两人都曾邀请鸠摩罗什前往后秦，但每次都因为后凉不放而未能成行。直到401年，姚兴用武力归降后凉，鸠摩罗什才得以前往后秦——这时他已经58岁了。

姚兴崇佛信佛，对鸠摩罗什待以国师之礼。鸠摩罗什在长安西明阁和逍遥园，带领众弟子译经，参加译经工作的沙门约800人，全由国家供养。自此，中原在鸠摩罗什眼里，不再是驼铃声中商旅送来的丝绸，而是一番浩大的译经事业。

413年，鸠摩罗什在长安圆寂，享年70岁。每个时代都呼唤伟大人物的出现，正当中国第一次外来文化和本土文化交融的时刻，鸠摩罗什从丝绸之路上翩翩而来。

200多年后，一个大唐的僧人踏上了丝绸之路，他要前往遥远的西方，寻求佛法。他就是玄奘。与汉代的官方出使不同，魏晋隋唐时代的西域使者，以民间的宗教人士最为突出。

贞观元年（627年），27岁的玄奘从长安出发，从梦回西域的起点，西行取经，途经兰州到凉州，至瓜州，再经玉门关，越过五烽，渡流沙，抵达伊吾，至高昌国。贞观二年（628年）正月，玄奘到达高昌王城，受到高昌王麴文泰的礼遇，后经屈支、凌山、素叶城、迦毕试国、赤建国……抵达天竺曲女城。

631年的秋天，玄奘终于抵达西行的目的地——那烂陀。在这个高僧云集的寺院，弥漫着极其浓厚的学术氛围，培养了数以万计传承佛法的学者。来自遥远大唐的高僧，受到了极其崇高的待遇，百岁高龄的戒贤法师还专门为玄奘开讲《瑜伽师地论》，那烂陀严谨而开放的学术氛围，令玄奘非常欣慰。

玄奘在那烂陀苦学了 5 年，求法的使命已经完成，玄奘渴望立即返回大唐。而一次次不期而至的辩经，成了最大的障碍。因为，玄奘的名望已经传遍了整个天竺，东天竺的国王与威名显赫的戒日王互不相让，都希望召见玄奘，玄奘不得不推迟回国的计划。

与玄奘见面之后，戒日王召开了一个全印度的宗教学术辩论会。各个教派的智者和大德全部参加，观看玄奘讲经，并针对他的观点进行辩论。大会持续了 18 天，可各个宗派的高僧大德没有一人能挑战。这场充满了传奇色彩的辩论大会将玄奘的"留学"生涯推向了顶峰。

641 年夏，玄奘离开印度，满载大量经文，返回大唐。

玄奘西游记，无论在佛教史还是中西文化交流史上都是一盏明灯。在异国的土地上，他被奉为先知，在佛陀的故乡，他成为智慧的化身。玄奘让大唐的声誉远播万里，就连他脚上的麻鞋，也被信奉为圣物。然而，他放弃了一切荣耀，依然返回故土。他翻译的佛经，达到了 47 部 1335 卷。他离世的时候，帝国的皇帝悲痛不已，百万人哭送。

在玄奘西行成功几百年之后，历史逐渐变成了传奇，传奇慢慢地变成了神话《西游记》：一只神通广大的猴子，带着一头猪和一匹马，保护着斯文懦弱的师父，去西天取经。"玄奘之路"就这样深刻地影响着每一代中国人的成长，深入骨髓。

李白、马可·波罗：我从西方来

唐代，诗人们纷纷奔赴边疆，写下许多境界雄放的边塞诗篇。但李白与他们的方向相反，一路向东。李白本是西域人。郭沫若在《李白与杜甫》一书中说："唐代诗人李白，武则天长安元年（701年）出生于中亚细亚的碎叶城。"确切地说，李白出生于吉尔吉斯斯坦碎叶城托克马克西南8000米的阿克别希姆故城。

"愿将腰下剑，直为斩楼兰""洗兵条支海上波，放马天山雪中草"，李白的豪迈与生俱来。李白的血液里涌动着胡腾舞的音乐，宝蓝色的幻思与琥珀般的酒色，涌动着西域文化的热烈。

在长安时，李白写过名篇《少年行》："五陵年少今市东，银鞍白马度春风。落花踏尽游何处？笑入胡姬酒肆中。""胡姬貌如花，当垆笑春风。笑春风，舞罗衣，君今不醉将安归。"胡人、胡姬是天山之子李白的笔下常客。

没有那个开放的时代，这个饱含异质的天才会被扼杀；没有这个天才的加入，那个时代也会减却许多光辉。

不仅李白是帝国开放时代的受益者，在种族歧视的元朝，对于远涉而来的马可·波罗，忽必烈张开了臂膀。

1271年，17岁的马可·波罗从威尼斯进入地中海，然后横渡黑海，经过两河流域来到中东古城巴格达，从这里到波斯湾的出海口霍尔木兹就可以乘船直驶中国。

马可·波罗并没有那么顺利，他和父亲、叔叔来到霍尔木兹，一直等了两个月，也没遇上去中国的船只，只好改走陆路。这是一

152

胜利达坂前后交通险要,是连接新疆、西藏的重要通道。胜利达坂附近有一条「之」字形的盘山公路,俗称九盘道,公路蜿蜒直上隐没在云层里面

条充满艰险的路,是让最有雄心的旅行家也望而却步的路。他们从霍尔木兹向东,越过荒凉恐怖的伊朗沙漠,跨过险峻寒冷的帕米尔高原,一路上跋山涉水,克服了疾病、饥渴和寒冷的困扰,躲开了强盗、猛兽的侵袭,终于来到了中国新疆。

马可·波罗穿过塔克拉玛干沙漠、敦煌,经玉门关见到了万里长城,最后穿过河西走廊,到达了元上都。这时已是1275年的夏天。

这位意大利旅行家十几年后才回国,他对元朝繁华热闹的市集、华美廉价的丝绸锦缎、宏伟壮观的都城、四通八达的驿道交通、普遍流通的纸币印象深刻。

西方学者莫里斯·科利思认为,马可·波罗的游记"不是一部单纯的游记,而是启蒙式作品,对于闭塞的欧洲人来说,无异于振聋发聩,为欧洲人展示了全新的知识领域和视野"。《马可·波罗游记》对东方世界进行了夸大甚至神话般的描述,更激起了欧洲人对东方世界的好奇心。

13 库尔勒：
翻越秘境天山

从乌鲁木齐一路向西，时差便更加明显，我们越行越远的，不仅仅是距离和时间，还有对未知之途的畏惧和向往。在敦煌到乌鲁木齐的行程中，我已经感受到异域的风在吹，仿佛在羌笛声中荡漾着。

在我旅行过的地方，新疆似乎多了一份神秘，这种神秘不像西藏的空灵决绝，也不像敦煌的空前绝后。这种神秘是一种力量，由自然和文化赋予，因为天山、因为胡杨林、因为汉家公主而不同寻常。

在"寰行中国"第四程——"边陲天道"的旅行中，我不断感受着这种不寻常，并且在沿途寻找答案。如果继续追问这种不寻常的深层原因，其实是一种强者精神。面对恶劣的生存环境，新疆以多10%的生命力量和文化承载，造就了无边无际的大美和蔓延至今的传奇，也吸引我们以"多10%"的行走，挑战了最远的自己，来到南疆。

天山，神秘莫测的遥远

天山于我是神秘的。我在有限的阅读体验里，天山童姥、天山雪莲、七剑下天山……凡是看见"天山"就感觉武侠小说里的武林高手要登场了。

在金庸武侠小说《天龙八部》中，天山有个逍遥派，建于缥缈峰之上。灵鹫宫远在天山，天山童姥却悄悄控制着中原至东南沿海的大多数江湖帮派。所以，江湖上谈起天山灵鹫宫，往往闻之色变。灵鹫宫当然不在雪山峰顶，而是在天山南麓一处温暖湿润的所在。众多弟子居住于此，灵鹫宫实际上既是集市，也是城堡，因为方圆百里皆是其控制范围，所以，灵鹫宫从未经历过刀光剑影。

渗透到中国人日常生活的金庸武侠小说，让天山既出产灵丹妙药天山雪莲，又出性情乖张的神秘异人。总之，天山既给人冰清玉洁之感，又有神秘莫测的遥远。

在金庸的想象中，缥缈峰海拔不高，没有冰雪，反而多雾，一年中倒有半年无法看清山中面貌，所以叫作缥缈峰。天山盛产雪莲，但如果从缥缈峰灵鹫宫出发，登至雪山顶采集雪莲，也是一条艰难而危险的路。灵鹫宫里泉水多，而且是雪山冷泉，冷泉水有两大好处：一是可以变成天山弟子掌中玄冰为杀人利器；二是适合浇灌葡萄，让葡萄甜而不腻，肉厚汁多。

我原本以一个江湖碌碌之徒的感觉，去侠客云集、高手辟谷的地方目睹天山的风采。没想到，走进天山，却是另外一番景象：出乌鲁木齐城区，脚下开始出现蜿蜒曲折的山路，在壁立千仞的峭峻陡崖边谨慎前行，在群山环抱下抬头便依稀望见对面的山谷冰川，狭路相逢的牛群侧目观察着，又憨实地发出亲昵的啼声……

天山的美，在冰川，比三山五岳多10%的冰雪覆盖，所以，金庸会取名缥缈峰。这里，沙漠、戈壁和绿洲，高山、湖泊和草原，同一个新疆集纳了不同自然环境的地貌，让游牧文化、农耕文化和绿洲文化在这里碰撞出异质的基因。这种碰撞早在4000年前的史前文化时期就开始了，月氏、乌孙等早期游牧民族活动的遗迹，以及古老的游牧文化和农业文化不断地交流、融合、发展和演变，都在天山的文化版图和历史遗迹中。

不断萎缩的"冰川活化石"

天山，遍布着千年丝路商人的足迹，而不是世外高人的隐居地。天山是勇敢者跋涉的方向，而不是远行游子的故乡。经河西走廊出玉门关一路向西，深入"天山道"，我们离开了丝绸之路的中心点乌鲁木齐，从这里启程踏上天险征途，越向陡崖峭峻的万年冰川。

冰雪融水的乌鲁木齐河位于天山山脉北坡中段，碧波万顷，水光潋滟，一边万丈深渊，另一边悬崖峭壁。

行进至距乌鲁木齐约100公里处，乌鲁木齐河的源头跃然眼前，往上走，山道越发险峻，而冰川王国也凛然咫尺，一种豪气油然而生。在这银雪皑皑，海拔高度达4000米以上的群峦之巅，分布着大小77条现代冰川，总面积为34.5平方公里，其中以一号冰川最大，长约2.4公里，平均宽500米，面积为1.95平方公里。

一号冰川形成于第三冰川纪，距今已有480万年的历史。由于现代冰川类集中，冰川地貌和沉积物非常典型，古冰川遗迹保存完整清晰。

湛蓝的天空，皑皑的雪峰，置身冰川世界，白茫茫的天际相连，浑然一体;周围一片宁静,稍稍伫立片刻,仿佛进入到了一种超凡脱俗的世界;金字塔般的山峰,锯齿形的山脊,弧形的冰川,让人感到一种震撼。

"寰行中国"车队顺利抵达天山山脉高达4280米的胜利达坂。1952年至1954年,王震根据毛泽东指示,将公路修建至此。胜利达坂附近不仅有天山一号冰川,还有二号冰川和三号冰川,海拔3500米以上,有永久冻结层。覆盖层为第四系冰水堆积物——破碎坡积物。

胜利达坂前后交通险要,是连接新疆、西藏的重要通道。胜利达坂附近有一条"之"字形的盘山公路,俗称九盘道,公路蜿蜒直上隐没在云层里面。山体到处是碎裂的石块,典型的冰川地貌,路开辟在这些碎石块上。

车队就在这条道路上,在漫天的扬尘里,在颠簸的搓板路上,花费了六七个小时抵达库尔勒市。这是一座地处欧亚大陆和新疆腹心地带、塔里木盆地东北边缘的城市。它南距"死亡之海"世界第二大沙漠——塔克拉玛干沙漠直线距离仅70公里,是古丝绸之路中道的咽喉之地和西域文化的发源地之一。

早在汉唐时期,库尔勒香梨就通过"丝绸之路"传入印度,被誉为"西域圣果"。传说《西游记》中遁地的人参果就是库尔勒香梨。

14 轮台：
塔里木胡杨林，陪伴过 2000 年前西域都护府

天山南麓、塔里木盆地北缘，有个绿洲小城叫轮台，偶尔来往的车辆驶过，显得格外安静。轮台向南行驶 50 公里，伴随熹微的晨光，我们正式进入沙漠公路。

"一剑云浮惊大漠，胡沙万里锁苍龙"，迎接我们的是世界上面积最大、分布最密、存活最好的"第三纪活化石"——40 余万亩的天然塔里木胡杨林。多风少雨的恶劣气候，将千年胡杨变成了一群阅尽沧桑的雕塑，在给人以神秘感的同时，也让人解读到生机与希望。

龙骨虬枝的不朽神话

塔里木胡杨林"铮铮铁骨何曾惧，岁月沧桑志亦坚"，胡杨将根须义无反顾地伸向沙漠深处，水有多深，胡杨的根就有多深。沙丘绵延，朔风飞扬，它是漠漠黄沙前，龙骨虬枝的不朽神话。

不论浩浩戈壁滩，还是在塔里木河的积水洼地，参天胡杨都以伟岸的身躯，向世人展示一幅幅绝美的画卷。有谁会想到，这大漠中的神树究竟是以怎样的毅力，在这个恶劣的环境中炼化筋骨，存活了上千年。

胡杨的美,不在令人窒息的美艳,而在它能在荒漠上活千年不死,死后站立千年不倒,倒后在沙漠中千年不朽

晚霞漫天，层林尽染，无人不被胡杨林的刚毅和倔强所陶染。生而不死，死而不倒，倒而不朽，在塔克拉玛干沙漠边缘，胡杨是生生不息的绵延承继。

在报纸的副刊版面和语文课本中，我们为胡杨林讴歌了太多的笔墨，这棵大树不同寻常，一头扎进了塔克拉玛干沙漠的漫漫黄沙，另一头鞭策着千里之外每个人的人生梦想。

世界90%的胡杨在中国，中国的胡杨90%在塔里木盆地。新疆是胡杨在中国乃至世界分布最多的地区。新疆有三大胡杨林自然保护区，即巴州轮台县胡杨林、和田于田县达里亚伯依胡杨林，阿克苏沙雅塔里木乡胡杨林。

从北疆到南疆，能够看到大面积的胡杨林，经常给人以一望无际的美。在塔里木河一线沿着沙漠公路行进，只要在荒漠上看到高20米以上的大树，它肯定是胡杨树。

我们要感谢这顽强的物种，在极寒极旱极涝的恶劣环境下，它依然生机勃勃。胡杨的美，不在令人窒息的美艳，而在它能在荒漠上活千年不死，死后站立千年不倒，倒后在沙漠中千年不朽。这个有趣的说法虽未经科学证实，但在楼兰、尼雅和喀拉墩古城遗址中，许多胡杨桩柱至今没有腐朽。

没有任何生命能和胡杨相比，没有一种植物能那么持久地坚守在一片贫瘠和少水的沙滩，坚韧而顽强，寂寞而孤独，固守着千年不变的一方水土。千百年来，这自生自灭的天然胡杨，带给人们的不仅仅是生命的启示，而且是人类不断进取的精神财富——多10%的屹立。

在胡杨林里，虽然数以亿计的蚊子袭击着我们，但无碍于我们拉近岁月和时空的距离，我似乎在和胡杨一起叩问生命，感受着凝重和震撼。

胡杨立定于沙海之中，深植于戈壁滩上，犹如一个曾被忽略的倔强灵魂，不管风云如何变幻，在这远方的远方，默默地期待着一个又一个的明天。所以，我们选择跋涉千里，走进胡杨林，致敬这一生命的强者。"只有荒凉的沙漠，没有荒凉的人生"，就像胡杨树，根系长到10米以下，只要10米以内有水，它就能高昂地挺立。

西域都护府的沧桑

时光倏忽已过千年，岑参的两度出塞，久佐戎幕，汉代将领的金柝铁衣、宝剑寒光，都已随曾经的"西域都护府"湮没于历史深处，只留下"忽如一夜春风来，千树万树梨花开"的千古绝句：

白雪歌送武判官归京
岑参

北风卷地白草折，胡天八月即飞雪。
忽如一夜春风来，千树万树梨花开。
散入珠帘湿罗幕，狐裘不暖锦衾薄。
将军角弓不得控，都护铁衣冷难着。
瀚海阑干百丈冰，愁云惨淡万里凝。
中军置酒饮归客，胡琴琵琶与羌笛。
纷纷暮雪下辕门，风掣红旗冻不翻。

> 轮台东门送君去，去时雪满天山路。
> 山回路转不见君，雪上空留马行处。

岑参，唐太宗朝宰相岑文本重孙，伯祖父岑长倩、伯父岑羲都官至宰相，但曾祖父死于军中，伯祖父、伯父因罪被诛。岑参少时，家境中落。20岁至长安，求仕不成，奔走京洛，北游河朔。30岁举进士，授兵曹参军。天宝（742—756）年间，两度出塞，居边塞6年。

天宝八年（750年），岑参充安西四镇节度使高仙芝幕府掌书记，初次出塞，满怀报国壮志，在戎马中开拓前程，但未得意。天宝十年（752年），岑参回长安，与李白、杜甫、高适同游。天宝十三年（755年），又充安西北庭节度使封常清判官，再次出塞，报国立功之情更切，边塞诗名作大多成于此时。

我读此诗，印象深刻的是"胡天八月即飞雪"，岑参一个"即"字，惟妙惟肖地写出南方人的惊奇，边塞之感浮现。

只是，此轮台非今日轮台县，而是在新疆米泉境内，即乌鲁木齐市米东区。

我站立的轮台县则是汉宣帝所设西域都护府所在地，其主要职责在于守境安土，协调西域各国间的矛盾和纠纷，制止外来势力的侵扰，维护西域地方的社会秩序，确保丝绸之路的畅通。

西域边陲，汉帝国本无力统管，但由于汉朝政府有着较为成熟的统治理念和政权架构，将内地的政治、经济、军事、文化制度等，变通地实施于边疆地区，打破了西域地区小国林立的格局。西域都护统辖西域诸国有48国，"自译长、城长、君、监、吏、大禄、百工、千长、都尉、且渠、当户、将、相至侯、王,皆佩汉印绶",共376人。阿克苏地区古城中曾发掘出西域都护李崇之印,还发现一枚"汉归义羌长"铜印,即汉朝颁授西域首领的官印。西汉末年至东汉初年,西域局势发生动荡,但西域一些小国仍派人至中原,请求中央政府派遣西域都护,甚至在魏晋南北朝时期,西域许多城邦国仍保留着汉朝颁发的印信。

只有在帝国大乱的时候,这种联系才会中断,如东汉初年,匈奴已趁乱统治西域,西域属国向东汉武帝请求3次,18国国王以送儿子到洛阳求学为质,要求东汉皇帝干预。无奈之下,刘秀将西域都护府迁往龟兹乾城。

郑吉是第一任西域都护。西域都护是汉王朝中央政府派遣管理西域的最高军政长官,级别相当于郡太守,每年的俸禄是两千石粮食,属官有副校尉、丞各1人,司马、侯、千人各2人。都护的职责是统辖西域诸国,管理屯田,颁行朝廷号令,诸国有乱,得发兵征讨。自郑吉为西域都护至西汉末,前后任西域都护者18人,姓名见于史册的有10人,除郑吉外,还有韩宣、甘延寿、段会宗、廉褒、韩立、郭舜、孙建、但钦、李崇等人。

西域都护府位于巴音郭楞西北部的轮台县,野云沟乡和策大雅乡结合部。1928年,著名史地学家黄文弼先生在遗址上发掘出一些存贮粮食的陶罐,认为它们是西域都护府设立时期士卒在这里屯守的用物。黄文弼在《塔里木盆地考古记》中写道:"野云沟村南约半里,有一高阜,面为深沙堆集,上生芦苇,间有红陶片。"

在唐代,自太宗贞观十四年(640年)起,到宪宗元和三年(808

年)止,安西都护府存约170年,其统辖安西四镇,最大管辖范围曾一度完全包括天山南北,并至葱岭以西至达波斯。在武周时代北庭都护府分立之后,安西都护府分管天山以南的西域地区,即今新疆、哈萨克斯坦东部和东南部、吉尔吉斯斯坦全部、塔吉克斯坦东部、阿富汗大部、伊朗东北部、土库曼斯坦东半部、乌兹别克斯坦大部等地。

其实,安西都护府治所一度设在碎叶城。

自天山公路出发,沿途的一步一景都是诚实的史官,忠实地记录着千万年来的人事物景。置身白垩纪和侏罗纪时代地壳运动的自然创作,一切都开始瞬息万变起来,天险征途,四季变幻,无一不考验着千年丝路商人的脚力。

方才还是狂风呼啸的戈壁荒滩、风蚀土墩的雅丹地貌,倏地转入盐水沟的奇峰异景,似有廊有柱,有塔有亭,令人诧叹。车窗外掠过的成片天然石雕,状如"古木""卧驼""坐猴""飞龙"……使人目不暇接。

亿万年风刻雨蚀的赭红色峦峰,犹如一簇簇燃烧的火焰,漫布天山大峡谷。深谷之中时而宽阔,时而狭窄,脚下踩着细沙,两侧是雄奇险峻崖奇石峭,劈地摩天,融险、雄、古、幽为一体,蕴万古之灵气。

一番怪石峥嵘后隔着车窗,森林河谷的云杉翠柏,大龙池、小龙池的高山湖泊跃入眼帘,山头白雪皑皑、云雾缭绕,山下绿草如茵、雀鸟成群,丝路自然景观的奇特壮丽被诠释得淋漓尽致。驶过霏霏细雨,清寒小雪,历经四季的风光气象,柳暗花明,一片迷人的西域草原跃入眼帘。

15 巴音布鲁克：
这里是有故事的蒙古人

200多年前，这里曾是土尔扈特部历经两年多艰险跋涉，完成人类历史上最悲壮的民族大迁徙后建下的东归之城。

"眠沙卧水自成群，曲岸残阳极浦云。"湖水像情人的眼睛，天鹅是她游弋的身姿，雪山环抱下的巴音布鲁克迷人独特，草地温软，雪山倒映，风日清和。

在开都河源头小憩，观赏水草丰茂的九曲十八弯，蜿蜒的溪流反射着天幕落下的光线，落日徐徐，朝霞映空，脑海中仿佛勾勒着那段艰险的东归之旅。

"土尔扈特大逃亡"

东归故里和静县，除了有水草丰美的巴音布鲁克草原，还有那荡气回肠的悲戚往事。

这里的蒙古族牧民都是有故事的人，当你来到他们的毡房，喝上一碗香醇的奶茶，可以听他们聊一聊先祖。

在我对面，美丽壮实的蒙古族姑娘平静地说——那就是1771年的"土尔扈特大逃亡"。

明代后期,中国厄鲁特蒙古族分为四大部落:准噶尔、和硕特、杜尔伯特、土尔扈特。随着各个部落人口增多、牲畜增加,厄鲁特蒙古族内部发生了争夺游牧地的纷争。17世纪30年代,准噶尔部强大起来,形成威慑力量。1628年,原本生活在西北森林和草原上的土尔扈特部为了寻找新的家园,离开了世代游牧的故土,越过哈萨克草原,渡过乌拉尔河,来到了当时尚未被沙皇俄国占领的伏尔加河下游、里海之滨。在这片人烟稀少的草原上,他们建立起游牧政权——土尔扈特汗国,亦即俄国所称的卡尔梅克汗国。

在以后的140多年里,沙俄不断地向土尔扈特人居住的地方扩张势力,土尔扈特人受到了沙俄的控制。沙俄强制改组土尔扈特汗王的下设机构扎尔固,削弱汗王的权力,让大量的哥萨克人向东移民扩展,不断压缩土尔扈特人的游牧地面积。

沙俄政府还迫使全民信仰藏传佛教的土尔扈特人改信东正教,对土尔扈特人强制实行人质制度,不断征用土尔扈特部的青壮年上战场,强迫他们入伍,使土尔扈特部的人口急剧减少。

乾隆三十六年(1771年),土尔扈特部首领渥巴锡(1742—1775)决定率领部众17万人离开伏尔加河畔,东归祖邦。土尔扈特妇女、儿童和老人,乘上了早已准备好的马车、骆驼和雪橇,在跃马横刀的骑士们的护卫下,一队接着一队,陆续出发,离开了他们生活将近一个半世纪的异国他乡。

渥巴锡率领一万名土尔扈特战士断后。他点燃了自己的木制宫殿,以破釜沉舟的悲壮之举,同这片土地告别。大队人马只用10多天时间,就跨越了千里草原,渡过了乌拉尔河,进入冰雪覆盖的哈萨克草原。

土尔扈特东归的消息，很快传到了圣彼得堡。女皇叶卡捷琳娜二世认为，让整个部落离俄出走，这是沙皇罗曼诺夫家族的耻辱，她立即派哥萨克骑兵追赶，并将留在伏尔加河左岸的一万余户土尔扈特人监视居住。

哥萨克骑兵追击上了走在外侧的土尔扈特队伍，他们来不及把散布在广阔原野上的队伍集中起来抵抗，9000名战士和乡亲牺牲。

1771年8月底，在冲破沙俄围追堵截，战胜严寒、酷暑和疫病等重重艰难险阻之后，渥巴锡带着部众踏入了伊犁河畔。据清宫档案《满文录副奏折》的记载，离开伏尔加草原的17万土尔扈特人，经过一路的恶战，加上疾病和饥饿的困扰，"其至伊犁者，仅以半计"。

清政府官员在伊犁河畔会见渥巴锡。同年，乾隆帝在承德避暑山庄召见渥巴锡，封"卓里克图汗"，意为"英勇汗"。

在新疆维吾尔自治区博物馆，我见到了这枚官印，上面有个虎纽，看上去庄重、精致。印章上刻着满文、胡都木蒙文两种文字。印章正款是："乌讷恩苏珠克图旧土尔扈特部卓里克图汗之印"，其中，"乌讷恩苏珠克图"意为忠诚、忠顺，"卓里克图"意为英勇、勇敢。全印文意为"忠诚的旧土尔扈特部英勇之王"。土尔扈特部最高首领渥巴锡去世后，清朝政府将汗印颁发给了渥巴锡的长子策凌纳木扎勒。之后，先后有11名继任的卓里克图汗执掌此印。

湖水像情人的眼睛，天鹅是她游弋的身姿，雪山环抱下的巴音布鲁克迷人独特，草地温软，雪山倒映，风日清和

忧郁的渥巴锡

新疆维吾尔自治区博物馆展厅里,还有一幅东归英雄渥巴锡的画像。画像上的渥巴锡身穿清朝官服,十分年轻,他神情凝重,带着忧郁,不似沙场将军那般豪气干云。

这就是渥巴锡的真实面容,不是英雄崇拜的艺术形象,由承德避暑山庄的宫廷画师所画。不过,这幅渥巴锡的画像是复制品,原作由八国联军掠走,现藏于德国柏林民族博物馆。

渥巴锡为什么忧郁?这与乾隆帝的分化瓦解政策有关。乾隆将土尔扈特分为新、旧两部——旧土尔扈特由渥巴锡统领,分东西南北四路,共十旗;新土尔扈特由另一首领舍楞统领,分二旗。

由于渥巴锡策划东归时没有也无法联络清政府,清政府并未做好接纳救济准备,相反,却有猜疑、防范之心,其"分散安置,互不统属,各管其众,以分其势"的安置策略就是这种心态的反映。

毕竟,渥巴锡的东归是武装起义,是在3万大军且战且走的情况下武力迁徙的。1771年6月18日,乾隆在给伊犁将军伊勒图等人的上谕中说:"若此辈一齐前来,我等尚需略加考虑,将伊等分散安置。今此辈各自行走,相继而来,我等办理之际,无须费力。此辈之中,若有杜尔伯特、乌梁海之人,除即安置于杜尔伯特、乌梁海地方外,土尔扈特、绰罗斯等人,理应另行指地安置之。指地安置时,若安插伊犁之哈沁、沙喇伯勒等地,则与西界较近,易于伊等逃窜;乌鲁木齐附近之地,又临近我巴里坤驿道,均不得安置伊等。朕惟,若将伊等安置于塔尔巴哈台以东,科布多以西,额尔齐斯、博罗塔拉、额敏、斋尔等地,方善。"

不安置在边境,以防西去;不安排交通要道,以防起事;分散安置,不妨碍台站交通。渥巴锡踏上故土已是粮尽炊断、衣不遮体,急需政府救济,而安置点都是经济落后之地,无法满足生活所需。土尔扈特人又遇天花流行,渥巴锡的妻子、儿子、母亲在1771年相继"出痘病殁"。虽然清政府拨专款采办牲畜、皮衣、茶叶粮米接济分发,牲畜却被饥民杀而食之。

忧郁的渥巴锡在归国后第四年逝世,这位33岁的卓里克图汗

洞察时局，留下"安分度日，勤奋耕田，繁衍牲畜，勿生事端，至盼至祷"的遗训，以作保全之策。

渥巴锡画像照片和渥巴锡献给乾隆帝的一把腰刀一起，静静躺在了新疆维吾尔自治区博物馆展柜里，无声地诉说着那一段"东归英雄传"。

东归的土尔扈特蒙古部落的后人们，平静地生活在新疆的和静县、布克赛尔蒙古自治县、精河县、乌苏市和青河县等地，在水草丰美的草原上保留着坚韧的民族特性。在巴音布鲁克草原上，土尔扈特馅饼是蒙古族美食。这种馅饼用白面或荞麦面所做，多为牛羊肉馅，皮薄如纸，喷香可口，素有"汉人的饺子，蒙古人的馅饼"之说。按照传统，土尔扈特馅饼只有在节日里才吃，如果你来到巴音布鲁克草原，不妨一尝。

16 伊宁：
汉家公主何以解忧？

那拉提草原，在蒙语里是"太阳升起的地方"。中国自古景观人文，这儿也不例外，据传成吉思汗西征时，由天山深处向伊犁进发，时值春日，山中却是风雪弥漫，人困马乏疲惫不堪。

不想翻过山岭，眼前牧草肥美繁花如织、云开日出夕阳如血，就此感恩天地赐名"那拉提"。举目蓝天如洗，几羽雄鹰苍劲盘旋。侧目一群群牛羊在坡地上安逸地徘徊，不时有牧人纵马驰骋，惊起一片飞鸿……

那拉提草原三面环山，宽敞河谷、起伏丘陵的西天山自然形态尽收眼底。近处云杉高耸，此起彼落，以那特有的圆柱状树冠构成似有千里之遥的林海，林间草甸如茵，林泉脉脉。

驶向雪莲谷，两侧重峦叠翠，举头云霭腾腾，大有"仰天一长啸，万里白云来"之势。深吸一口清凉甜丝的空气，望向山顶流云雪山，跨一步，以为已登上连接仙境的阶梯。

在那拉提牧野，生活的是热情奔放的哈萨克人，头戴圆形花帽，脚踏长筒皮靴的他们，至今仍保留着浓郁古朴的民俗风情和丰富的草原文化。

清香的奶茶，肥美的烤羊，羽白的毡房，翩跹的歌舞，哈萨

克族绚烂的民族风情与悠远的历史积淀构成了独具特色的边塞风光，直叫人流连忘返。

汉家公主，细君的乡愁

伊犁河流域是西域强大的乌孙国游牧地。乌孙属哈萨克族祖先的一支。西汉武帝时期，为了彻底击败西北边塞的匈奴，张骞建议用厚赂招引乌孙，同时下嫁公主，与乌孙结为兄弟，这样就可"断匈奴右臂"，共同夹击匈奴，于是汉朝就有了第一位远嫁西域的细君公主。

刘细君是西汉遣外番的第一位刘姓皇室宗室女，比昭君出塞早了 72 年，被后世誉为"第一位名传史册的和亲公主"和"和亲公主中的第一位才女"。细君公主的高祖是汉文帝刘恒，曾祖是汉景帝刘启，祖父是汉武帝刘彻之兄刘非，父亲是江都王刘建，史称其为"江都公主"。公元前 121 年，刘建谋反未成后自缢，细君母以同谋罪被斩。当时，刘细君因年幼而免死，入长安宫中生活。

当战争来临，女人用柔软的力量，通过和亲而屈人之兵。从玉门关、阳关往西，这条路上不知洒下多少汉家女儿的眼泪，忧虑而憧憬。这些妙龄女子，远赴迢迢征途，要嫁给一个从未见过的异域男人，这个男人可能是暴君、莽夫，也可能是风烛残年的老者和奇丑无比的黑汉。

细君公主就是其中的一位不幸者，她远嫁西域的时候只有 18 岁，元封元年（公元前 110 年）的和亲仪式举办得非常隆重，可所嫁的

这些和亲的公主是一场赌注,她们心酸的泪水和屈辱被「国家大义」一笔抹去。虽然只在伊宁参观了汉家公主纪念馆,但这西行的路上,我们早已沿着公主的车辙凭怀

夫君乌孙昆莫猎骄靡已是七旬老翁。乌孙人因其肤色白净、花容月貌，称细君为"柯木孜公主"[01]。虽然汉武帝命令乐师采古筝、箜篌等多种古乐器的优点，制造了一把能在马上弹奏的直颈琵琶——中国第一只琵琶，但能诗善文、多愁善感的细君公主，在举目无亲的乌孙还是乡愁不绝。西晋诗人石崇在《王昭君辞一首并序》中说："昔公主嫁乌孙，令琵琶马上作乐，以慰其道路之思，其送明君亦必尔也。"

和亲是大汉和匈奴的共用策略，他们都想与乌孙联姻，孤立对方。匈奴也和亲昆莫。昆莫就以细君为右夫人，以匈奴女为左夫人。

细君在乌孙期间约有四五年，生了一个女儿，名叫少夫。公元前87年，细君因产后失调，加之心情抑郁、思乡成疾，病逝乌孙。

解忧公主，年老东归

应乌孙王的再次要求，太初年间，汉武帝又把楚王刘戊的孙女封为公主远嫁乌孙，她就是被誉为乌孙国母的解忧公主。

19岁的解忧公主生在南方，性格开朗，到乌孙后很快地适应了哈萨克族的草原游牧生活，学会了骑马打猎，经常头戴孔雀翎羽帽，身着貂狐裘，肩披狼尾，乘坐天马，和乌孙王一起巡视部落。解忧公主对乌孙国的人畜繁衍、政务兴衰都极为关心，在乌孙生活了近60年，依照继婚风俗，先后三嫁乌孙的父子侄昆莫。当匈奴大举进

---

[01] 意为"肤色白净美丽像马奶酒一样的公主"。

犯乌孙，解忧公主飞书汉廷求援，使乌孙转危为安。

解忧公主的贴身侍女冯嫽，虽然出身卑微，但是中国第一个女外交家。她随公主出塞，嫁给乌孙国握有兵权的右大将。她曾代表解忧公主，遍行西域各城，结盟西域各国。

虽然"寰行中国"只在伊宁参观了汉家公主纪念馆，但这西行的路上，我们早已沿着公主的车辙凭怀着她们。细君公主、解忧公主、王昭君、千金公主、金城公主、弘化公主、宁国公主……这些柔美的女子乘坐的香车沉沉碾过，经年累月才能驶向遥远的突厥、吐蕃、吐谷浑和回纥。

丝绸之路也是"和亲之路"，无数"公主"足迹的叠加，走出了一条永恒的祈求和平的古道。这些和亲的公主是一场赌注，她们心酸的泪水和屈辱被"国家大义"一笔抹去。"食有肉居有室，思乡之苦难消。"古道柔肠，汉家公主献身于国家社稷，将个人的命运置于鸿毛，每当西域的晨曦和着青草、奶牛、马蹄的气息唤醒汉家女儿的时候，她们的内心和故土都已经不属于自己，都成了再也不能到达的地方。

"穹庐为室毡为墙，以肉为食兮酪为浆"，西域游牧民族的生活习惯两千年没有变化。我们从乌鲁木齐出发，途经库尔勒、轮台、布鲁克和那拉提，最终抵达伊宁。这次"边陲天道"的丝绸之路旅程，没有沿北疆线一路向西，而是克服困难和顾虑，选择绕道南疆，在品览南疆丰甜爽口的瓜果和魅力无疆的胡杨树后，两次翻越天山，返回北疆线。这一路上，我们翻越了天山的绝美秘境，触摸了胡杨林的倔强灵魂，缅怀了汉家公主的纪念之地。

182

第五部:
海上丝路

千里舻舳，万里梯航，连天浪静长鲸息，映日帆多宝舶来。

早在张骞通西域之前，汉武帝派遣商船队从合浦、徐闻等地起航，凭借海路通外邦各国。

此后，海舶贾客常往来于南洋和印度洋间，而频频的航海贸易让这条航道成了闻名遐迩的"海上丝绸之路"。

"寰行中国"第五程，我们从海上丝绸之路的起点——福建泉州出发踏上"东路"，感受这条蕴聚千年海上文明的古代海道。

"州南有海浩无穷，每岁造舟通异域。"起源于南朝，至宋则空前繁荣，泉州这个古时被誉为"东方第一大港"的刺桐港，往时的荣耀而今在海外交通史博物馆里找到见证。

"潮人自古重拼搏，凤城于今展宏图。"坐落在"海上丝绸之路"黄金航线上的汕头因海而立，因港而兴，而有着浓郁欧洲建筑样式的邮政局，则见证了汕头百年开埠的历史变迁。

早在新石器时代晚期，石湾陶瓷已揭开其烧陶的历史序篇，至宋代则集各名窑之大成。走近南风古灶 500 年的柴烧龙窑，亲历佛山的制陶

泉州—北海：
风起潮生，回看千年海上文明

冶炼文明。

"郡常有高凉生口，及海舶每岁数至。"阳江自古便是海上丝路转口港，踏上"海上敦煌"宋代沉船"南海1号"，海上丝路古文明的探寻之旅由是展开。

"市明珠、璧琉离、奇石异物。"早在西汉时期，北海合浦就是"海上丝绸之路"的始发港之一，观合浦汉墓的异域珍品，依然能从中窥见当年商贾云集，贸易繁荣的气象。北海自汉朝便是南海对外海上贸易的枢纽，而深入老街，体内照旧流动着华夏灿烂文明的血液，眼前却也是东西方碰撞出的文化结晶。

沧溟八千里，今古畏波涛，回溯历史，早在秦汉时期便已存在海上丝绸之路的雏形，而后远抵南洋和阿拉伯海，甚至远达非洲东海岸。

寰行在古代海上丝绸之路的发祥地——东方，其中埋藏的人文雅蕴和文化遗存背后又历经着轮回的兴衰。

"寰行中国"文化之旅踏上"东路"，古老的海上航路之门已被叩开……

沿海而生的人们,与这一片山水相遇的时候,就选择了留下,他们向海而生,繁衍、出海、迁徙、繁衍……周而复始

17 泉州：
谁毁了刺桐万国商

如果向前追溯，泉州人的人生是从海上开始的。

数百年间，日复一日，最先醒来的是这个城市的港口，他们是千里迢迢赶来还是风尘仆仆路过，这已经不再重要。我们只知道，沿海而生的人们，与这一片山水相遇的时候，就选择了留下，他们向海而生，繁衍、出海、迁徙、繁衍……周而复始。

所以，泉州人比多数中国人更会疑惑，我姓"蒲"、你姓"丁"，我们的先人从何而来？

现在，我们已无法清晰地勾勒出泉州舟通异域的细节，但是从街巷的一砖一石中，还是能领略岁月浩渺和海浩无穷的张力。

这座遍种刺桐树的港口，外来商贾、水手以"刺桐"相称，在海上丝路所历各处家弦户诵。摩洛哥旅行家伊本·白图泰（1303—1377）在泉州发现船多，他说："余见港中大船百艘，小船无数。"

泉州人对这倒是习以为常。

宋代，泉州造出"桐油加钉子"的"福船"。这种船舶模仿阿拉伯尖底造型，而非中国传统平底沙船。后来，郑和下西洋所用舰船部分造自泉州。

泉州既是百越旧地，又聚十洲之人，所以唐代诗人说这里是

"云山百越路,市井十洲人"。作为远东大港的泉州,侨居有数以万计来自亚非欧各国的商人、传教士、使者和贵族,尤以波斯、印度、阿拉伯和欧洲为最。宗教信仰普遍而繁杂,有尊神事鬼的原始宗教,也有伊斯兰教、印度教、古基督教、摩尼教、犹太教和佛教等在泉州传播。

古泉州是帝国的开放城市,"涨海声中万国商"式的景象,让人错觉一座城市会永远蒸蒸日上。我仿佛看见,阿拉伯人的商船运载着丝绸、瓷器和茶叶等远航外域。

漂洋过海而来的便是异国的香料、珠宝。

商品来了,宗教也来了

印度、阿拉伯输入的药物香料见于典籍。唐代《新修本草》中就有密陀僧、底也伽、安息香、麒麟竭等西域以及印度药材收录。元和十年(815年),被贬官至广东连州的诗人刘禹锡曾撰写《赠眼医波罗门僧》诗:

> 三秋伤望眼,终日哭途穷。
> 两目今先暗,中年似老翁。
> 看朱渐成碧,羞日不禁风。
> 师有金篦术,如何为发蒙?

刘禹锡希望从天竺来的婆罗门医僧能用"金篦术",治好眼疾。

苏颂在《本草图经》中记载一种来自波斯国的药物"补骨脂",最初通过诃陵国传入,后在岭南地区推广种植,果实入药,有补肾壮阳、补脾健胃之功能,并可治牛皮癣等皮肤病。

随商品到来的,一定是宗教,昔日伊斯兰教、印度教的庙宇文物,甚至会出现在佛教的建筑里。

晋江万山峰苏内村有座草庵,是"世界上现存最完好的摩尼教遗址之一",波斯人崇尚光明,摩尼教又称明教,明教的故事因为金庸先生的武侠小说,多了些亦正亦邪的神秘色彩。在开放的唐武则天延载元年(694年),摩尼教在中国获准公开传播。泉州的摩尼教是唐会昌年间(841—846)由呼禄法师从中原传入,"有呼禄法师者,来入福唐,授侣三山,游方泉郡,卒葬郡北山下"。呼禄法师属中亚摩尼教团,呼禄是僧职,其姓名已无考。据考证,呼禄就是呼卢唤,是古波斯语的音译,意为传教士。北山即泉州清源山。

大部分古泉州人的一生是往来的一生,他们涉海而来,望海而去,熟稔海性的泉州人甚至作为帝国的特使出使阿拉伯世界。一块元代奉使波斯使者的残存墓碑,讲述了一位奉使火鲁没思[01]的泉州使者生前经历。一位名叫"詹思丁"的阿拉伯人,与当地人通婚,让"丁"姓开枝散叶。

由于元末的泉州阿拉伯人与朝廷开战,泉州城破,伊斯兰教衰落。

---

[01] 火鲁没思地处阿曼湾和波斯湾之间、霍尔木兹海峡以北的滨海地区,当时是拖雷之子旭烈兀所建伊利汗国的贸易港口。

在今天的泉州，开元寺是福建最大的寺庙。当我来到开元寺，一道紫云屏将尘世与佛门就此离隔，门外是喧嚷的西街市井，退回门内就是素静古朴的"桑莲法界"。

蒲团、木鱼、念珠、晨钟、暮鼓、青灯……我们终于踱入大雄宝殿，殿前月台束腰赫然嵌砌着72方狮身人面青石浮雕，殿后廊的两根古婆罗门教青石柱，这些源自印度教故事的雕刻融入佛教建筑。大雄宝殿后侧，则系中国现存三大戒坛之一的甘露戒坛。

寺内东有"镇国塔"，西有"仁寿塔"，东西双塔历经了700多年风雨侵袭岿然而立，金刚神将和罗汉高僧的人物浮雕，呈现着其乐也融融的西方极乐世界。

墓碑、垛石、庙宇的遗迹记录着刺桐城的繁华，述说着发生在这里的中西方文明对话。

还有沉船。

沉没的独桅帆船

1998年，印度尼西亚一位渔夫在苏门答腊东南勿里洞岛海域，潜水捕捞海参时发现了一堆陶器。随后，一家德国打捞公司闻讯而来，证实这是一艘沉没古船并命名为"黑石号"。打捞直至2001年结束，6万余件中国瓷器和金银器由此重见天日。2005年，新加坡一家公司筹资3000余万美元购得这批文物。

根据沉船出土的唐代"宝历二年（826年）七月十六日"铭文瓷碗、无损的唐代青花瓷盘、罕见的唐代专贡皇室"江心镜"、唐代皇家大盈库所拨器具以及唐代长沙窑的 50000 余件瓷器等,确定沉船年代为 9 世纪上半叶。虽然船上载满中国陶瓷,沉没于印尼,但专家推测这是一艘大食[01]商船。由于沉船没有被泥沙掩埋,船体已经腐烂,这艘船究竟是中国造的帆船,还是阿拉伯造的单桅三角帆船,一直没有定论。

大食与大唐(618—907)两大帝国,通过海路与陆路往来,而笨重易碎的瓷器,经不起车马劳顿,从窑口通江抵海,水路最便于运输。

"黑石号"沉船地点勿里洞岛,古称"麻逸洞",唐代属于三佛齐国,公元 904 年"授福建道三佛齐国入朝进奉使都蕃长蒲诃粟为宁远将军"[02]。德国有学者认为,"蒲"为阿拉伯语 ABU 的略写,意为"父"。又有人认为,"蒲"为马来语的一种尊称,如"勋爵""主人""先生"。《宋史·大食传》所记载的大食贡使,大部分姓蒲。三佛齐国为唐朝以后南海大国,建都今印度尼西亚苏门答腊之占碑,开往大食的船只,一般在三佛齐国修船、补给,转运货物,"其国居人多蒲姓"。蒲姓三佛齐人是阿拉伯侨民或后裔,也有一部分当地人受阿拉伯文化影响而姓蒲。

在泉州,最著名的蒲姓历史人物是蒲寿庚。

---

[01] 大食,第一个世袭制王朝为倭马亚王朝(661—750),因尚白衣称"白衣大食",第二个世袭制王朝为阿拔斯王朝(750—1258),因旗帜尚黑,亦称"黑衣大食"。
[02] 依据《苏莱曼游记》《唐国史补》以及《宋高僧传》的记载,都蕃长有如下职责:负责蕃坊内部事务的管理,包括清真寺的建设、穆斯林的共同祈祷、进口管理,当然还需依据《古兰经》以及伊斯兰风俗习惯处理一些诉讼纠纷。

190

开元寺是福建最大的寺庙。一道紫云屏将尘世与佛门就此离隔，门外是喧嚷的西街市井，退回门内就是素静古朴的「桑莲法界」

在泉州海外交通史博物馆里,看到了伊斯兰教、基督教、印度教和摩尼教的珍贵石刻,看到了西域高昌国的居民千里迢迢来到泉州的记录,他们是唐、宋、元时期泉州的生老病死,是市井泉州的南来北往

五代至宋元，旅居中国的阿拉伯侨民几乎控制了中国与南洋的海上交通，其中最显赫的是蒲寿庚家族[01]。蒲寿庚本人不仅担任泉州市舶司提举，还建言元世祖忽必烈对海神妈祖加封。

南宋德祐二年（1276年）三月，元丞相伯颜攻陷南宋都城临安，俘获5岁的宋恭帝赵㬎。宋恭帝长兄赵昰，由江万载家族自募的义军和殿前禁军护卫，与母亲杨淑妃及弟弟赵昺等皇族人员一起，出逃婺州。皇族成员在婺州遇陆秀夫带部分朝臣来投，再逃温州，接着在陈宜中和张世杰等朝臣的保护下，登船入海到达福州。

1276年6月14日，赵昰即位，改元景炎，时年只有7岁。文天祥和张世杰等拥立赵昰，"欲作都泉州"，为此特意升蒲寿庚为闽广招抚使，兼主市舶，想借助蒲寿庚的势力抗元。然而，早在元军攻克临安之前，伯颜就派使臣赴泉州招抚蒲寿庚、蒲寿晟兄弟。

泉州蒲姓到了抉择时刻，而这个抉择在百年间让蒲氏豪族生死存亡，忽然之间。

"尽杀"南宋宗子

北宋靖康之难后，宋高宗赵构在临安府建立南宋小朝廷，管理

---

[01] 据岳飞之孙岳珂所著《桯史》（"桯"者，即书斋里几案间的一根立柱，亦即"楹"，表面可以用来记事）记载："番禺有海獠杂居，其最豪者蒲姓，号白番人，本占城之贵人也。既浮海而遇风涛，惮于复返，乃请于其主，愿留中国，以通往来之货。"蒲寿庚之父蒲开宗，南宋时从广州迁居泉州湾港，运贩大宗香料行销海外。

赵氏皇族的南外宗正司也徙迁京口（今镇江市）。因该地处于抗金前线，出于安全考虑，南宋建炎间（1127—1130），又迁至今浙江绍兴。朝廷难舍泉州舶税之膏腴，建炎三年（1129年）十二月，将宗室349人迁徙泉州，管理皇族宗室事务的"南外宗正司"随迁。

宗室日益繁衍，至庆元（1195—1200）中在院有1300余人，外居者达440余人，至绍定年间（1228—1233）则在院者1427人，外居者887人。到了宋末，宗室成员已达到3000多人。宋元鼎革之际，在泉州的南外宗子们，却被蒲寿庚杀害殆尽，"尽害宗室千余人、及士大夫与淮兵之在泉者、备极惨毒"。

这是因为南宋孤臣陆秀夫、张世杰等人，带着幼主抵达泉州，在这里的赵宋宗室子弟打算开城接应，但是蒲寿庚关闭城门不纳。于是，张世杰强征蒲寿庚的商船，"掠其舟并没其货"，蒲寿庚将怒气撒在定居泉州的南宋宗子身上，"怒杀诸宗室及士大夫与淮兵之在泉者"。

次年，张世杰曾返回来围攻泉州城，但元兵赶来增援，宋军腹背受敌，三月围城不克，最后只好带着赵昰继续南逃。蒲寿庚因拒宋降元之功，受到元世祖忽必烈的重用。据《元史》载，至元十四年（1277年），蒲寿庚"进昭勇大将军，闽广都提举福建广东市舶事，改镇国上将军，参知政事，并行江西省事。"次年三月再升"蒲寿庚行中书省事于福州，镇抚濒海诸郡"，他的三个儿子都身居高位。

这让蒲寿庚的历史评价成了问题。蒲氏后人被朱元璋指为"余孽"，全部充军禁锢，"世世无得登仕籍"，蒲氏家族纷纷改姓。

对泉州人来说,对蒲寿庚的情感是复杂的,有人认为他参与灭宋,不忠不义;也有人认为他弃宋降元,延续了泉州港的地位,功大于过。

其实,这种为蒲寿庚辩护的观点立不住脚,如果为保护泉州,没必要在城内血腥屠杀,而宋元时期的海上贸易,得益于奔走的阿拉伯人,而非世居中国的阿拉伯后裔。如果没有蒲寿庚,元主也会授意其他人来经营这座税收丰厚的城市。而蒲寿庚的降元,可以看作是对自己地位和家族的自保,但他没有想到,家族裹挟进"色目之争",再次重演与朝廷为敌的闹剧,这次兵败,家族成员多受酷刑而死。蒲寿庚更没有想到的是,这种背弃宋庭宽厚对待穆斯林的作为,会遭到后世汉族帝王的仇恨。身后仅数十年,蒲寿庚家族或被剿杀或改作"黄""卜"姓,并受唾弃编入贱籍。在元末,当地蒲家乃至许多西域人受无辜牵连招灭门之祸,蒲寿庚等族人更被掘坟戮尸,遍及泉州城内外的清真寺在战乱引起的宗教仇杀中悉数捣毁,仅存其一。

1277年,蒲寿庚主政福建广东市舶后,泉州市舶司恢复。次年,元世祖把招谕南海诸国的重任交给了唆都和蒲寿庚。唆都不熟海路和南海风俗,出洋诏谕主要由蒲氏运筹。大元使团借助蒲寿庚"南海蛮夷诸国莫不畏服"的影响力,和多个国家恢复通商,很快即有占城、马八儿等国的使臣和舶商来泉州。

由宋至元初,蒲寿庚家族在泉州有千艘商船,还依照波斯人的习惯,在晋江出海口建起"天风海云楼"和"一碧万顷亭",可遥望海船出入。在泉州涂门街,蒲家拥有大量房宅,人称"半蒲街";

如今，在涂门街东鲁巷，已没几户蒲姓人家，仅立有一块刻有"蒲寿庚府第遗址"。泉州区域内的蒲姓，现已不足百人。

蒲寿庚没有想到，自己的苦心经营，也逃脱不了身前热闹，身后灰灭的命运，这就是红顶商人的悲剧，远有蒲寿庚，近有胡雪岩。

我在泉州海外交通史博物馆里，看到了伊斯兰教、基督教、印度教和摩尼教的珍贵石刻，看到了西域高昌国的居民千里迢迢来到泉州的记录，他们是唐、宋、元时期泉州的生老病死，是市井泉州

的南来北往。

　　这只是古泉州的光环,今日的泉州早已没了当年的万国商旅,更没有了慕名而来的信徒。没有人会为泉州的历史让位惋惜,因为这样的命运,同样发生在扬州、安庆这样的水系城市身上。

18 汕头：
血泪"侨批"

如果说泉州的往来是在大格局下的风云际会，那么汕头的往来则是小日子里的物力维艰。

在汕头，我第一次看到"侨批"，也仿佛走进了一座城市的悲情往事。

"批"，在福建方言或者潮汕话里就是"信"。"番批""银信"，是华侨通过民间机构汇寄至国内的汇款或家书。侨批由往返的"水客"和侨批馆递送，但随着出洋的人数增多，由民间专门办理侨批业务的侨批局迅速崛起。光绪二十二年（1896年）大清邮政局成立后，试图将侨批业纳入管辖范围，但侨胞"在外居留范围极广，而国内侨眷又多为散处穷乡僻壤之妇孺"，只好作罢。

一封"侨批"就是一个故事

有侨就有批，一封"侨批"就是一个故事。

我们的故事就从侨批开始，从批信开始。

"哀之父母生吾哺劳，生不能尽养，死不能尽哀，不能亲侍膝下，亲视含殓，子职有亏，罪孽深重。本想回家奔丧，皆因天涯远隔，况又身边如洗，两手空空。"这是吉隆坡华侨吴竞明 1936 年写给妻子的侨批。

1946 年，泰国侨胞陈汉澄妻子即将分娩，但他只能在信中向妻子倾诉："贤妻妆鉴，自别之后，无时或释。想愚今日远离乡井，亦为环境所迫，虽人在外，终朝都是为挂于家庭。想妻你将欲生产，家无亲爱偎互，为夫实在难过矣。"

1935 年 4 月，泰国侨胞陈锦松生子，拟名"济民""俊仁""华民""永强"等 15 个名字，请家人"将此数名评论，择一个最合意者写来吾知。"

这就是侨批里的生老病死，南洋的生活际遇。在大历史的叙事中，这些看似平常的日子，因为侨批的出现，历史的细节清晰而黯淡，在侨批里永久地忧伤起来了。

写侨批的人，随着岁月的流逝，把曾经的故事带走了，我们在阅读侨批之后才明白，故事走远了以后，心底的情感天长地久。

立在汕头侨批文物馆二楼的橱窗前，我望着风干的墨迹和泛黄的纸张，想象着写信人，看着远去的水客背影，心潮难尽。因为我看到了泰国华侨杨捷的侨批，他寄国币 5 万元，信的备注栏里只写了一句话："见信至切赎回吾女回家。"因为中国的战乱频仍，因为侨汇中断，家中侨眷不得不卖儿鬻女度日。

"见信至切赎回吾女回家。"父亲杨捷的赎女之心，十万火急，已经来不及写多余的话，我分明感受到了 20 世纪初年蔓延而来的忧伤和痛苦。

千里之外

在汕头侨批文物馆内展出的,是中国民众的苦难生活的缩影。

侨批里,有远涉南洋的谋生之难。

泰国华侨吴子云 1947 年写给母亲:"瞿邦行情太苦,不能生活,日食难度,无银可寄,祈为知之。"

1952 年,马来西亚华侨闺娴写给五婶:"现在椰干一落千丈,市情不景,各地自杀之人不鲜,世界的人都在受苦,我们也是其中的一分子,实在可怜。"

1964 年,华侨陈廉中写给祖母:"遇有暇时,则自研谙簿记之借贷法则,以应实际之需,因此乃从商者需有之常识,亦商家切要之项,孙无不随时当心,以图上进。"

侨批里,也有千里之外的家事分忧。

1967 年 3 月 8 日,泰国侨胞陈曙浩夫妇给儿子、儿媳的侨批:"叔婶居为长辈,应该尊敬,互相帮助,诸弟妹应互相友爱,和气相处为要,既往之事,言之无益,徒增恶感,何苦为之!但人生处世之身,应以宽大为怀,凡事达观,则精神愉快,虽苦也乐。"

泰国华侨陈鸿程写给摔伤的母亲:"慈亲大人尊前启者,今天由朱锦渠邮信内云及,母于上月底不幸跌伤,势颇严重,恕儿在外未能晨昏奉侍,实深遗憾。伤势如何,祈续示知,兹付港银伍佰元,为大人留身边零用。"

1931 年,泰国华侨于辛写给妻子:"吾闻来人所说,阿述别事当无学习,会唱曲而已。如是学作个工夫,手艺或者文字、音乐

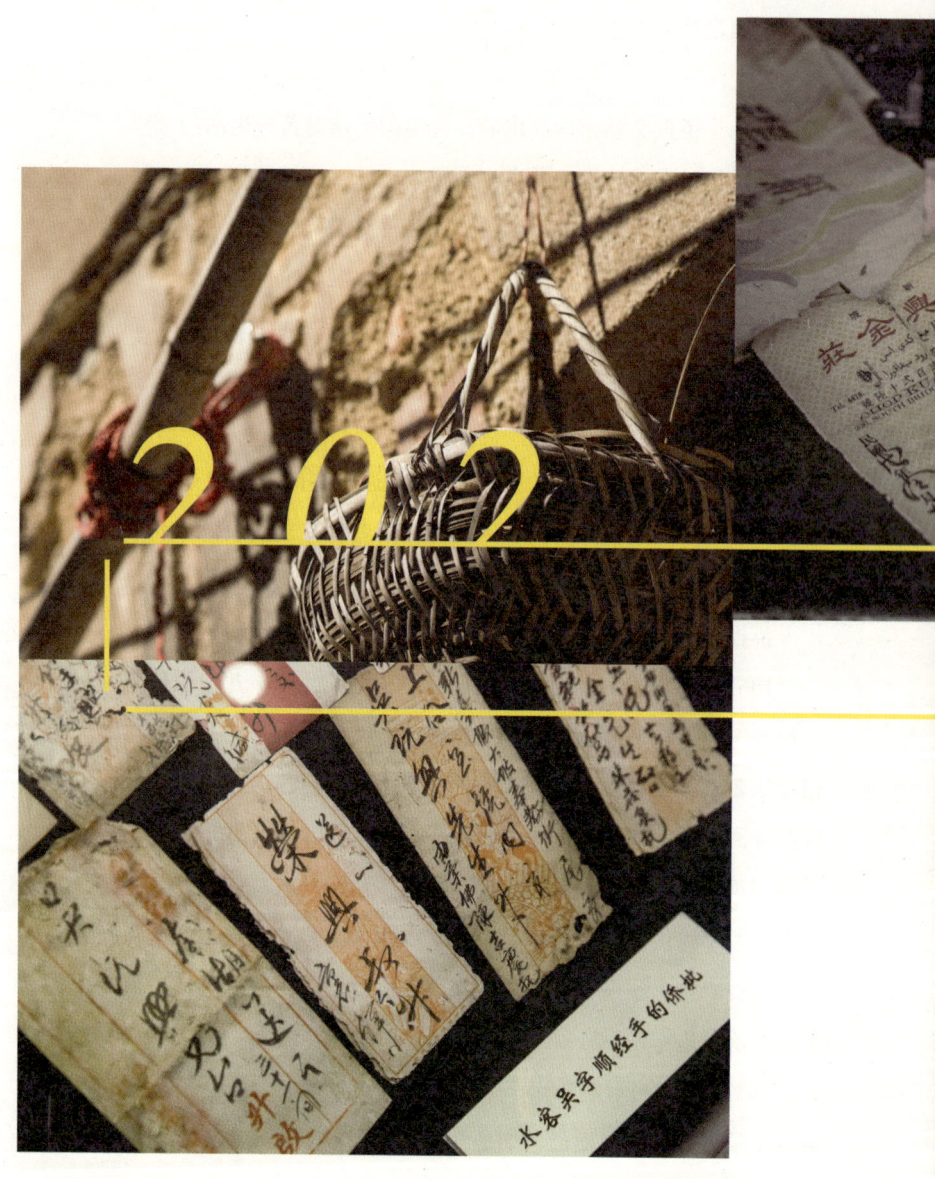

在汕头,第一次看到『侨批』,也仿佛走进了一座城市的悲情往事。

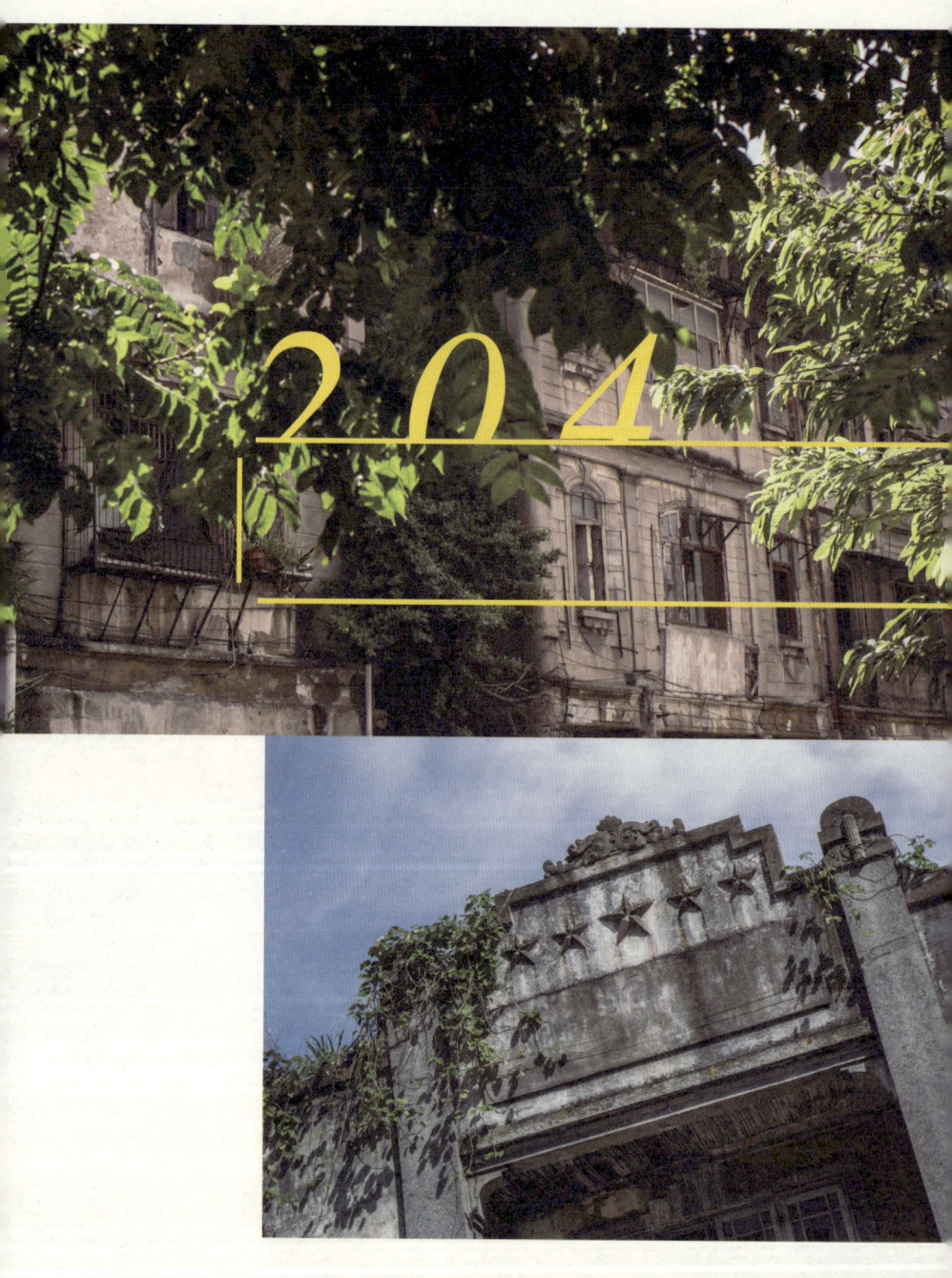

这座隐藏在繁华岭南的小城,因通商口岸而声名远播,因侨批水客而交汇南洋,因潮汕商帮而名闻四海。走进这座古城,它的深邃、市井和岁月都遮挡不住

皆而可学,倘若会精,希望日后可度生。"信中他还对儿子说,"你现行廿岁,全无学习一件,对人得住?吾在外闻之,赠(为)尔之耻矣。"

新加坡华侨林展写给妻子:"和汝分别以后将近十载,时时念念。但吾自抵叻(叻是中国侨民对新加坡的称呼)之后,家情等负担并抚养二儿女皆是妹汝刻苦维持,完全妹汝受了千辛万苦,才有今日合家平安,为兄念之十分欢喜,甚是敬佩于汝也。"

按照中国的传统,这些侨批的"收信人"之上和结尾处都要加盖上"如意""顺吉""佳音"等吉祥印章。

侨批里,还有一部社会变迁的"史记"。

1937年9月,日军飞机多次到潮汕地区轰炸,侨批局批封上会印上一些抗日口号,"同胞们行动起来""革命尚未成功,同志仍须努力"。香港集大庄笔墨文具店制的信笺,在上面印上蔡廷锴戎装照,称赞他为"救国英雄"。

新加坡华侨陈集勋在给母亲的批信中说:"自中日战争之事发生后,叻地侨胞非常热心捐钱及捐衣外,另再抵制日货。又以叻地时常打死日本人,种种奇事,日日有之。"

抗美援朝时期的侨批,"记住八年血海深仇,我们要坚决反对美帝重新武装日本""努力生产支援前线""抗美援朝,保家卫国"的动员口号也是随处可见。

在潮汕,有多少座山河就有多少个故事,有多少条巷陌就有多少个传奇。

潮汕人带一块水布、揣一把自家田宅的泥土,乘坐"红头船",

走向世界的各个角落。当潮汕地区特有的"红头船"载着瓷器、纺织品,漂洋过海,换回当地最需的粮食以及木材、象犀、珠宝、药材时,也让潮汕人学会了经商。

这座隐藏在繁华岭南的小城,因通商口岸而声名远播,因侨批水客而交汇南洋,因潮汕商帮而名闻四海。走进这座古城,它的深邃、市井和岁月都遮挡不住。

站在中山纪念亭,环顾四际,欧陆风格的华洋建筑,仿巴洛克式的潮式骑楼,典藏着汕头埠精琢细雕的浓郁风情;海关钟楼、南生公司,刻录下南海滨皋繁荣的烙印,承载汕头百年历史的厚重底蕴,记载着一个个历经磨难而又斑斓动人的故事。

一座与海关钟楼隔街对望,毗邻汕头市老邮政局,辐射整个汕头小公园历史文化街区的建筑,见证了汕头开埠的历程,它就是汕头开埠文化陈列馆。开埠初期,汕头外交趋频,樯帆云集,货栈成行,自然陈列的物品是开一时之先的舶来品。

一地繁华肇始,潮汕形成了中原移民、百越土著以及海外侨胞三种聚合后独有的文化形态。

爱默生说，我们相逢时，好像素昧平生；我们分离时，好像从未分离——这就像瓷和陶一样，我们只在博物馆里与瓷素昧平生，却在市井里从未与陶分离

19 佛山：
殿堂的归殿堂，日常的归日常

殿堂的归殿堂，日常的归日常。

在没有成为陶之前，陶是一框框刚刚从田间挖出的泥土，它们身上没有高岭土的高贵，它的工艺，它的图案，透着民间的喜庆和憧憬。它们与皇亲国戚沾不上边，又得不到文人雅士的把玩，他们不是宋徽宗宫廷院落中雅致的摆设，也不是雍正帝会屈尊亲手设计的艺术品。

它是陶。

我们要读出它们缤纷的图案，要读出匠人的岁月，要读出窑火里一颗颗炙热的心情。

这都是奢望。

工艺美术大家不会在没有玻化、易碎易裂的陶器上耗费艺术的生命，陶器老了。

东南亚人为什么喜欢陶缸

一件件陶器从倾斜的窑口里出来，没有激动人心的欢呼，仿佛这一件件小巧的玩具或硕大的摆件，与自己无关。

但，我们的日常却不得不去选择陶器，记得我幼时家中用的缸，有水缸、米缸、糠缸，更久远的还有酱油缸、酒缸，这些陶制什物喂养着数千年以降的中国人。

如今，生活告别了它们。

某日，我收到了佛山石湾陶瓷的订制纪念陶，打开一看大失所望，这是一件粗制滥造的陶，不是我期待中的技艺匠心的制品。如果不是上面有我手写的制陶日期，我甚至找不到珍藏它的理由。

这并不奇怪。

佛山石湾生产的陶器是外销陶。顺时而为，顺需而产，是千百年来石湾窑窑火经久不息的重要原因。同时，外销陶因其质量一般、价格低廉而占据出口船舶的绝大部分仓位。

在埃及法蒂玛王朝，一位名叫赛义德的工匠及其弟子，以宋瓷为模式研制出了低端青瓷、白瓷和元以后的青花瓷。其实，他们仿造出了低端陶。正宗的中国青花瓷是釉下彩，色彩在釉的下面，历经千年也不会褪色，而埃及的冒牌货胎质为陶，硬度远远低于中国瓷，釉又比中国产品厚，仿佛是一层玻璃覆盖在上面。

由于西亚、北非的这些仿制品价格便宜，中国的出口陶器告别了西岸。

虽然告别了，但故事还要继续。在600多年前，佛山已经是古代海上丝路重要的货源地，制造的陶瓷远销岭北和海外。石湾的龙凤缸，缸壁塑有龙凤浮雕，龙跃腾云，凤鸣不已，有一副生机勃勃的气象。

为什么东南亚人喜欢这种陶缸？因为当地气候潮湿闷热，衣物储存不易，用龙凤缸来储存珍贵的衣物，可以隔湿气。

这种陶器价格低廉，可以对比有价可查的唐代后期长沙窑，这座外销长沙窑口，生产介于"陶"和"瓷"之间的炻器，外销瓷壶高19厘米，标价"五文"。而浙江出土的越窑青瓷盘口壶，高47.9厘米，标价"一千文"。因此，价廉的长沙窑成为风靡一时的外销产品，在唐代黑石号沉船中出土的6万件瓷器中，长沙窑瓷器占据绝大部分。

在长沙窑同时代，邢窑白瓷、越窑青瓷，在更早的北宋定窑白瓷、景德镇青花瓷、龙泉窑……烧造的最精美、品质最高贵的瓷器，却只会运往一个地方，这就是帝都。

爱默生说，我们相逢时，好像素昧平生；我们分离时，好像从未分离——这就像瓷和陶一样，我们只在博物馆里与瓷素昧平生，却在市井里从未与陶分离。

南风古灶为什么种榕树

远古的华夏氏族以火为图腾，步入南风古灶，"南风三气火德星君"火神陶像甲胄鲜明，神仪肃穆。迎面而来的是一对依山而筑的古龙窑，已经窑火不绝五百年，被称为"陶瓷活化石"——南风古灶和高灶。

在石湾，我们看到临街的店铺满是各种陶制品，其中陶花生、陶鸡蛋颇为讨巧，令我等不禁反复把玩，不过，最知名则是"石湾公仔"，每件作品充满着浑厚、粗犷、质朴、率真的民间气息。

南风古灶沿用古龙窑来制陶，烧制时脚踏草鞋，手持捏布。窑两侧的树木并非随意种植，而是运用风水之说，种下水火相济、五行相生的遒劲古榕。

"石湾瓦，甲天下，旁及海外之国"。在唐之前，中国的陶器很少出口到天竺，因为天竺的湿婆教徒吃饭不用餐具，在地上铺上芭蕉叶，饭放其上，用手抓食。随着伊斯兰教传入天竺，天竺人才改变了生活习俗，吃饭时使用桌子，在桌上摆放盛食的陶瓷器皿。因此，宋代以后，从海路销往印度的瓷器大大增多。

宋朝沉船也随之多了起来。

1987年，广州打捞局和英国海洋探测公司合作搜寻东印度公司沉船时，却意外打捞出一条宋代鎏金腰带，唤醒了沉睡800年的南宋古沉船——"南海1号"。

20 阳江：
"南海1号"与妈祖信仰

沿着岁月的走向顺流而下，我像一个目不识丁的少年，纵然是折尽了路旁的杨柳，也难以将这一路的山高水长弹唱，纵然阅尽了门上的楹联，也难以将这一路的仙风道骨顿悟。

即便摘录下前人留下的所有片言只语，也难以走进他们记忆中的样子，更无法记录下这沿途的故事传奇。

传奇永续，故事仍在不断上演。

面朝大海，我登上了云雾飘荡的海陵岛，如临广寒，神秘气氛。走进广东阳江海上丝绸之路博物馆，中间便是保存着"南海1号"的"水晶宫"，历经数年保护修复，沉船表面的海沙、淤泥、贝壳等凝结物被逐层清理，货舱内罐瓶以大套小，碗碟密密层层。

在沉船旁行走，我们并不想看见玻璃遮挡里的"风景"，我们想看一部有关南宋的旧书，只可惜，人已去，书已残。

"南海1号"残存的陶瓷中不乏珍品，宋代的帔坠、巾环、金钏依然闪耀；婴戏石榴纹瓷碗清澈如水，婴孩跃于石榴子纹案上；六棱瓷执壶花形工整硬朗，带有西亚国家银器的造型风格……可惜，岁月原本可以在杯盏交错中悠悠荡去，这数万件的瓷器却沉没海底。在这里，时间沉寂了，一场可能的超载沉没事件，让南

在沉船旁行走,我们并不想看见玻璃遮挡里的"风景",我们想看一部有关南宋的旧书,只可惜,人已去,书已残

宋静止了。

在这艘船舶航行的南宋时代里，"航海保护神"妈祖信仰已经流行上百年，妈祖并没能保护那些贪婪的远洋商船。

沉没了！沉没了！我仿佛看到了妈祖庙随后升起的香烟袅袅。

妈祖，妈祖

福建莆田，普通林家。

这是公元960年，宋太祖建隆元年，没有啼哭吵闹，只是张大眼睛，默默打量着周遭的世界，"林默"出生了。

当林默的父母在襁褓中抱起这个女孩的时候，他们不会想到，她给这个世间带来了暗夜中的光芒。她七八岁时才开口能言，十几岁时父亲、兄长出海打鱼，时过午后，天气突变，在家织布的林默担忧，默默祈祷，恍惚之间，思绪来到了海上，海面狂风恶浪，涛声震天，小船于浪里若隐若现，一个浪头压下，船上两人被打翻落水，林默近身观看，原来正是自己的父亲和兄长，于是赶忙伸出双手抓住父亲，用牙齿咬住哥哥的衣角，奋力游向岸边。

这时的母亲见到林默神色异样，以为女儿生病，赶忙呼唤，林默下意识答应母亲，松开了哥哥的衣角。林默从冥想中醒来，意识到松了衣角，哥哥性命难保，痛哭不已。

父亲生还了。他说：本来有神灵搭救，两人快到岸边，儿子在中途突然不见了，自己被一股神力抛向岸边，侥幸生还。

这个冥想和生还的故事，迅速在村子里传开了，人们不断传说：

在海上危急之际，一位红衣少女飘然而至，轻舒长袖，风浪顿时停息。大家望空叩拜，红衣女神又化为彩霞，飘然而去。

人们说，这个红衣少女就是林默，终生未嫁的林默。

不幸的是，林默早亡，去世时只有28岁。在早期的记载里，林默是女巫，"为巫，能言人祸福""平生不厌混巫媪"。两宋时期称"夫人""妃"，元明时期称为"天妃"，清代称"天后"。在民间，"妈祖"之名来自福建方言，"娘娘""姑妈""娘妈"等称呼，让女神离人们很亲近。

天下变怪，莫过于大海。女巫能成神封圣，不足为奇。《闽书》统计了唐宋时期闽越地区的263位神明，其中起源于道、巫身份的多达61位。

林默在宋代就是朝廷承认的神祇。宣和五年（1123年），宋徽宗赐林默"顺济"庙额；绍兴二十六年（1156年），宋高宗封林默为"灵惠夫人"，宋光宗则加封"灵惠妃"，宋理宗封"显济妃"……赐庙额、升夫人、封为妃，已经在有宋一代登峰造极。按照宋制，皇天后土，天皇地后，而海不能超越礼制，最高只能称妃。

元明清三代，妈祖信仰继续在后世帝王那里获得钦封，封号由"天妃""圣妃"，直至"海神天后"[01]。妈祖信仰就这样不断孵化，

---

[01] 1281年，元世祖忽必烈封林默为"护国明著天妃"，至正十四年（1354年），元顺帝封"辅国护圣庇民广济福惠明著天妃"，封号已有14字。清咸丰七年（1857年），清文宗封"护国庇民妙灵昭应弘仁普济福佑群生诚感咸孚显神赞顺垂慈笃祐安澜利运泽覃海宇恬波宣惠道流衍庆靖洋锡祉恩周德溥卫漕保泰振武绥疆天后之神"，字数之多，恐怕让林默复生也会瞠目结舌。

从庙堂之高到下里巴人，都顶礼膜拜。

除了明代的冷落甚至拆庙，妈祖一直受到朝野的赞扬与供奉。林默第一次走上神坛，这要感谢宋徽宗。

生而为巫

宋徽宗宣和五年，路允迪出使高丽遭遇了一场离奇的幸存事件。

他在航行途中，风浪骤起，船只失控，相互绞缠撞击，7条船只相继沉没，所乘大船已经危在旦夕。突然，半空中红霞闪亮，一位女神飘然而至，轻舒长袖，款款作舞，狂涛顿时停息。

人们惊魂稍定，感谢活着，感谢冥冥之中让自己活着的神明。路允迪询问这是哪路神仙。随员禀告说，她就是湄州岛的巫女林默。

遇到仙人，这样的大事不能不禀报朝廷。

宋徽宗赐"顺济"庙额，林默声震朝野，在家乡众多神明中脱颖而出。

其实，封神不需要理由，宋徽宗就是一个喜欢造神的皇帝，自封道君皇帝。想当年，与宋徽宗往来密切的"大师"就有张虚白、王老志、林灵素、刘混康、王志铖、温太保。他多次主持规模盛大的请神法会，动辄上千名道士参加。

那是个疯狂的造神年代，后世众多神明风光一时，或多或少与宋徽宗有关。

偏爱耕作繁忙景象的朝廷，抬起头看见了海洋，这发生在宋室南迁后，海上贸易成为朝廷的主要社稷。

原本以海神闻名的林默，到了南宋后期开始保家卫国：金兵南下进犯，士兵们随身携带林默香火神符迎击，两军交战，林默现身云间，挥舞军旗，一举解围。

从海上的定海神针到沙场点兵，林默的身影不仅出现在惊涛骇浪之间，也混迹于金戈铁马之中，因海而长生的林默，越来越让人们笃信法力无边，她也一路由夫人提升至天后。

元天历二年（1329年），天津妈祖庙，一支身负皇命的进香队伍开始了万里之旅。元天子近臣出任"天使"，途经淮安、苏州、杭州、绍兴、温州、福州、湄州，直至泉州，沿途拜谒15座妈祖庙，呈献元帝祭文。

如此劳师祭海，是因为天历二年海上运粮船队事故频发，运输损耗相当于前5年之和。此后20多年间，如此高规格的祭祀持续了5次。从庙堂到朝堂，海神林默已经无可替代。

妈祖信仰在明代迎来了盛极而衰的轮回。朱元璋认为帝国的根本在于农业，下令"寸板不许下海"，实施海禁政策[01]。林默的庙宇被拆除，神像被捣毁。妈祖信仰第一次遭遇危机，有明一代276年之久，官方封赐只有两次，分别在洪武五年（1372年）和永

---

[01] 朱元璋在《皇明祖训》里告诫子孙："四方诸夷，皆限山隔海，僻在一隅，得其地不足以供给，得其民不足以使令。若其自不揣量，来扰我边，则彼为不祥。彼既不为中国患，而我兴兵轻伐，我亦不祥也。吾恐后世子孙，倚中国富强，贪一时战功，无故兴兵，致伤人命，切记不可。但胡戎与西北边境互相密迩，累世战争，必选将练兵，时谨防之。今将不征诸夷之国名开列于后：朝鲜、日本、大琉球、小琉球、安南、暹罗、真腊等。"

乐七年（1409年）。

不过，妈祖信仰，并未因此消亡。

朴素的信仰

明代以来，道教和佛教开始介入林默信仰。明代中期，《太上老君说天妃救苦灵验经》首次将林默引入道教神话体系。而观音在中国民间是救苦救难的菩萨，林默进入观音神话体系，其形象开始与观音菩萨相近。这让走上神坛的妈祖，重回民间，朴素的济世情怀，与懦弱百姓的朴素信仰合流。

在东南亚，人们往往将妈祖与观音菩萨一起供奉，而妈祖的陪神千里眼和万里耳，明显是依据佛教"天眼通"和"天耳通"作为雕塑依据。

海神妈祖信仰传入内地，也与内地的神明融合。在一些妈祖庙里，配神有水仙尊王，他们是李白、大禹、屈原、伍子胥、王勃五位。传说李白溺于长江采石矶，成为江神；屈原投汨罗江是著名的江神；大禹治水是水神；王勃则在南海落水而亡；伍子胥因夫差抛于钱塘江，此五人都与水有关。

妈祖信仰也远涉南洋、西洋。明清海禁政策，让海外侨民成了有家难回的弃民，而妈祖让他们的心中故国不远，让他们找到了精神的故乡。

世界各地几乎都有妈祖信徒，"庙食遍天下"，在天津、上海、南京以及山东、辽宁沿海都有天后宫或妈祖庙。台湾的妈祖庙会热闹非凡,环岛大游行是重头节目。1987年的妈祖千年祭,台湾北港朝天宫举行环岛巡游,在一个月的时间里途径144座城镇,与500多座妈祖庙交接香火。

在妈祖庙里,妈祖不会孤独。

行船的男人会制作一只一模一样的船模型供奉在妈祖庙里。女人会祈求妈祖保佑男人平安归来。她们梳起象征船帆的发髻——"妈祖髻",每逢初一、十五,在妈祖庙烧香上供,通过筊杯——妈祖同天界通话的法器,求神问卜。

在沿海地带,如果婚后未能生育,要去妈祖神前去烧香祈祷,台湾称"讨妈花",大陆叫"抢金银花",求男孩抢银花,求女孩抢红花;在北方,则直接到庙里去拴娃娃,求天后娘娘送子。

这样的跪拜祈愿,从宋初一直延续千年,作为纯粹的民间信仰抚慰人们的日常生活。妈祖创造了本土神仙的奇迹。她在男神的世界里克服了那个时代的弱点:集权主义、海禁锁国和根深蒂固的性别歧视,成了大海的主神!

当翩翩而降的妈祖重返人间,当美丽凄婉的神话和动人扼腕的传说与乡村的土壤靠近,辛劳和苦难,泪水和屈辱,就在那虔诚的瞬间,羽化成未来的幸福。

因为,相对于充斥邪恶和仇恨的人间,大海是没有罪过的。

21 北海：
合浦，地下的汉朝

一股鱼腥味，时浓时淡，北海到了。

行至北海处，我明白即将离开这丝绸之路，便停下脚步，环顾四周，在这座城市多踟蹰了几日。已是10月中旬，虽已届深秋，但北海还是有点燥热。

入住的香格里拉大酒店，是北海的地标，也占领了一方海岸线，推窗远眺，虽然船帆点点，机器偶有轰鸣，但是夕阳之下的海岸线，给人一种渔歌唱晚的意境。近处，海水卷积着枯枝碎叶、生活垃圾，污染着岸边的海水，也污染了我们摄下的美丽海景。

不远处，就是北海老街。虽说是老街，可能是位置老，两三层的砖石水泥建筑，和数十年的风雨侵蚀，露出了一副沧桑的样子。

这里，不光有银滩、椰林，也曾是令人厌恶的传销组织盘踞地。

这就是北海，一个对海洋没有巨大关切的城市。或许它的未来命运，在1965年6月从广东划归广西就已经开始了。

当然，这不是历史上的北海命运，翻开北海的历史，合浦的地下，汉墓的宝藏，让一个遥远的边陲之地，早在2000多年前就纳入到帝国体系。

一盏锈迹斑斑的铜灯，状如一只折颈回望的凤凰，灯座置于凤

从那些高高低低的土丘走过,就像从汉朝走过,从那层层叠叠的汉式高台上下来,就像告别了汉朝

222

224

北海老街露出了一副沧桑的样子。翻开北海的历史,合浦的地下,汉墓的宝藏,让一个遥远的边陲之地,早在2000多年前就纳入到帝国体系

背上,燃烧产生的烟气吸进凤嘴,通过中空的凤脖导入盛水的凤肚过滤。

这是广西北海市合浦县汉墓出土的文物——铜凤灯。以"珠还合浦"闻名的合浦县,自汉元鼎六年(111年)设郡,县城所在的廉州镇一直是历代郡县、州、府治所,约70平方公里的汉墓群保护区内埋藏着数千座汉墓。

汇聚于海

前方,合浦到了。

前方,平坦的地面看到一个突起的土堆,我笑言,这是汉墓吗?当地人说,这叫封土堆,是汉墓的特殊标识。

与有编号的1200多座有封土堆的汉墓相比,地下的汉墓数量还是个谜。我在地下汉墓群里小心翼翼地蹑足前行,生怕触犯了安息的先人。

在过去20多年蒙眼狂奔的城市开发中,许多文物在隆隆推进的推土机前化为建筑垃圾,一只古波斯琉璃环就是在工地上幸存下来。而合浦可以傲然的是,在海上航线还很柔弱时,这些两汉帝国的贵族在此间就用上了琉璃、玛瑙、水晶等舶来奢侈品。

波斯、合浦;汉墓、琉璃杯……遥远的地域间隔,久远的时空距离,迥异的艺术表现,如果没有一条海上丝绸之路的纽带,两者的相遇是不可想象的。

古老的合浦商贩把陶瓷、布匹、蜀锦,甚至谷物装船,从北部湾的港口出发，远航到印度，再转运埃及、罗马……不要以为中国的船只一直在太平洋、印度洋上如履平地，四处游弋。中国的远洋客只是承担了局部海路的贸易。唐末，中国商贾开始将陶瓷器大量贩卖海外，并非以西亚、北非为航线目的地，而是在暹罗湾边港口卸货，再装上天竺、北非的奇货返航。除了暹罗湾，中介贸易港口还有斯里兰卡满泰半岛和南印度马八儿。

改善船只才能航行得更远。早期中国海船俗称"沙船"，因为中国东南沿海浅海较多，且遍布暗礁，所以中国古海船采用模仿鸭子的平底造型。而印度洋海域都是深海，印度、波斯和阿拉伯海船模仿鱼的形状，是尖底船。北宋以后，尖底船大量营造。中国造船、航海技术的发展，让印度洋、红海，以及非洲大陆的航路纷纷开通并延伸，海上丝绸之路最终成为主要对外通道。

合浦溯南流江而上，可达灵渠、入湘江，接连长江流域，可以沟通中原和岭南；从合浦港出海南下，可抵达越南、缅甸、印度、马来半岛等地。在合浦，江河可以汇聚于海。

"合浦珠还"

从那些高高低低的土丘走过，就像从汉朝走过，从那层层叠叠的汉式高台上下来，就像告别了汉朝。

其实，我们这一路没有告别汉朝，从陆上丝绸之路的西安西市出发，到海上丝绸之路的北海合浦收官，我走进了遥远的汉代，想象着曾有一些穿着汉服的人，陪伴着我们，穿越时空，讲述着日渐模糊的文明。

我想起了"合浦珠还"的故事,一个失而复得、去而复回的故事。

> [孟尝]迁合浦太守。郡不产谷实,而海出珠宝。与交址比境,常通商贩,贸籴粮食。先时宰守并多贪秽,诡人采求,不知纪极,珠遂渐徙于交址郡界。于是行旅不至,人物无资,贫者饿死于道。尝到官,革易前敝,求民病利。曾未逾岁,去珠复还。
>
> 其大意是:东汉时,合浦郡不产谷物,却盛产珍珠,百姓以采珠为生,官员趁机贪贿,使得珠民大肆捕捞,珠蚌逐渐迁徙到越南境内,一时生活无着,以致饿死人。汉顺帝刘保派孟尝任合浦太守,他革除弊政,没到一年,合浦的珍珠又盛产了。
>
> ——《后汉书·循吏传·孟尝》

与"合浦珠还"不同,大汉的风仪,沉睡的汉朝,我们惊扰不了他们,他们的雍容华贵、恢宏气度,只会让我们无措。

"合浦珠还",是否还能在合浦上演?站在北海的楼宇里,远眺落日,千年的海面、码头、汉葬和南珠,都令这一方水土装点了太多的沉重。

北海,我们说告别的地方。

海上丝路 ——— 泉州—北海

后记

谁打开了丝绸之路?

为什么大家趋之若鹜,要完成一次重走丝绸之路的梦想?

因为梦。

因为"筑梦空间"。

因为行走的力量。

无论是知名的张骞、霍去病、玄奘、郑和,还是默默无名的西行商贾、被掠的唐人士兵和红头船乘客,以及没能抵达倒在路途和沉于海底的英雄,他们从丝绸之路,从历史深处走来,赋予了古老丝绸之路生命的光泽。

打开世界地图,丝绸之路在世界版图上延伸,从2100多年前张骞出使西域到600多年前郑和下西洋,海陆两条丝绸之路把中国的丝绸、茶叶、瓷器输往沿途各国。中华帝国历经2000多年的努力,为凿空丝绸之路,不惜以举国之力兵戎相见,而域外的商人和朝臣不惜万里跋涉来长安、洛阳。

后记

为什么丝绸之路这样魔力非凡?

因为这是一条文明之路,任何来自野蛮人的力量都会对这个脆弱之路造成致命的威胁。回顾丝绸之路的历史不难看出,丝路畅通,经济就会发展,反之则停滞,甚至让沿途的国家陷于水火。

简言之,丝绸之路是东西方人文化碰撞的"筑梦空间",如同近代潮汕人有一个南洋梦,郑和船工有一个西洋梦,以及每一个僧侣经年累月的西天梦。

梦想从未尘封,更不会被遗忘。

2015年,离二使西域的张骞返抵长安2130年;离玄奘从陆上丝绸之路回到长安1370年;离郑和首次出洋海上丝绸之路610年……我们该不该以梦为马,去追寻探险家玄奘、使者郑和佚名梦想家的背影?

巧合的是,张骞与玄奘,玄奘与郑和之间,又相距760年。

六七百年间的轮回,我们不奢望与这些不可世出的伟大人物比肩,却也是站在了合适的时间、合适的地点,在等待着一个合适的机会。在2015年9月,"寰行中国"别克·中国文化之旅通过深入古丝绸之路腹地,发现沿途文化和精神内涵。如果张骞复活,不禁会问,这不就是我当年除了政治任务之外的宏大梦想吗?可是,张骞早生了2100多年。他,没法乘坐汽车,没法在平静的丝绸之路上无忧无虑地欣赏沿途的美景。当匈奴骑兵奔向张骞的时候,胯下的大汉王朝劣等马,无法与大宛马拼速度和耐力,张骞就这样等待着生与逃的机会。

在西线丝绸之路,"寰行中国"几乎是沿着张骞这位伟大开创者的足迹，与葡萄、苜蓿、石榴、胡麻等物种相遇，而这些耳熟能详的植物最早由张骞带回中原，从此姓胡的汉语热闹了起来，胡萝卜、胡椒、胡服……丝绸之路在这位先驱的脚下，变成了一条活的道路，让沿线的绿洲国家和城镇重燃生机。

在山丹军马场，我们看到了汗血宝马的后裔；在新疆巴音布鲁克草原，我们一睹汗血宝马的英俊高大。大宛汗血马的引进也要归功于张骞，当他被匈奴骑兵两次捕获的时候，他对大宛马心有忌惮。汉武帝接受了这位太中大夫的建议，大力购进西域良马。

丝绸之路上的传奇，不只是张骞，还有更多……其实，真正打开丝绸之路的不只是人，还有商品。

比如，只盛产于中国的茶叶，如今已是全球性的日用消费品。曾经，围绕着茶叶贸易，西方船舶业展开了激烈的技术竞争，在19世纪英国泰晤士河畔，东方中国的快速帆船一抵达，伦敦顿时万人空巷，充当信号的火焰熊熊燃烧着，似乎是对英国人茶叶热情的隐喻。

茶叶消费群体的不断扩大带动了瓷器贸易的发展。茶叶很轻，运茶商船要用压舱物来保持船体的平稳。在茶叶贸易刚刚兴起的时候，精美的中国瓷器只能沦为压舱物，价值被严重低估。

英国人更喜欢茶叶、丝绸这样的奢侈日用品。由于欧洲缺乏生产瓷器的高岭黏土，茶叶贸易和瓷器贸易之后，西方人对东方中国的探索欲望增强，他们每天面对着瓷器上的仕女图，想看到更多的仕女图，只好运输更多的"china"。或是因为瓷器超载，一艘南宋商船沉没在了广东阳江，离海岸线只有数十公里，它就是"南海1号"南宋沉船。

后记

瓷器沉入海底，湮没成历史的符号。相比笨重易碎的瓷器，茶叶浮出了水面，成为改变世界格局的力量。

伦敦吉尔斯东大街 9 号，墙上有一块蓝色牌子，上面镌刻着："植物学家福钧 1880 年逝世于此。"你是否觉这只是个人名，而不是名人？不仅你有这样的感觉，我也有，在这个 70% 的居民每天下午要喝一杯茶的王国里，他们也有。在英国，很少人知道此人的冒险经历，但对很多英国人，他很重要。

经济间谍福钧在 1850 年代潜入中国，在中国人眼皮底下窃取了中国茶叶的秘密。他的冒险行为收获巨大：不到 20 年，茶叶贸易的中心就从中国转移到了英国。当一个经济物种被移植到它的故土之外的时候，这个世界也就随之发生永恒的变化。在甫时的中国，失去了茶叶，失去了白银，也失去了活力，更加气喘吁吁了。所以，茶叶、丝绸、瓷器作为丝绸之路上重要商品承载了这条通商之路的活力，也让中国在近代背负着屈辱和泪水。

丝路商旅，骆驼、马车、汽车……他们在不同的技术背景下绘制出不同的丝绸之路，在汽车和航海技术日新月异的今天，更具行走的力量。感谢 2015 "寰行中国" 别克·中国文化之旅提供亲历丝绸之路中国部分的机会。2015 年 8 月 24 日，从西安启程，沿着张掖、敦煌、乌鲁木齐、伊宁等陆上丝绸之路重镇，以及海上丝绸之路从泉州至北海的重要港口，历经盛世古韵、河西走廊、西出阳关、边陲天道、海上丝路的五段旅程，感受了丝绸之路五程行程的融汇、开拓、寻梦、征途、往来内涵。全程途经陕西、宁夏、甘肃、新疆、福建、广东和广西 7 省 20 个城市，行驶里程超过 6500 公里，最终于 2015 年 10 月 16 日在广西北海收官。

"自来西域之地，凡征伐者自东往，贸易者自西来。"我们行走在古丝绸之路上，心怀执念、潜行于野……

唯有如此，别无选择。

感谢 2015"寰行中国"别克·中国文化之旅的主办方上汽通用汽车有限公司，感谢一路同行的上汽通用汽车公关部、别克市场营销部的工作人员，他们呈现的中国文化之旅仿佛是一年一度的文化大戏，让我们接受了中国文化的洗礼，更让我们发现了"中国"、发现了故乡。

著者谨识

2016 年 3 月 30 日于北京

周海滨

口述历史学人。从事非虚构写作多年，2015年获《名人传记》三十周年"十大优秀作家"。

著有《家国光影：开国元勋后人讲述往事与现实》《我们的父亲：国民党将领后人在大陆》《失落的巅峰：六位中共前主要负责人亲属口述历史》《回忆父亲张治中》（张素我口述）《我的父亲韩复榘》（韩子华口述）等。其中，《我的父亲韩复榘》（韩子华口述　周海滨撰述）获"2013年度中国影响力图书"。

文化旅行专栏作家。在新浪文化、凤凰历史、百度百家、马蜂窝旅行家等开设专栏。2014年，出版《寰行中国1：别处，是归客》。

寰行中国丛书

《寰行中国1：别处，是归客》
《寰行中国2：风从西边来》

（京）新登字083号

图书在版编目（CIP）数据

风从西边来 / 周海滨著. —北京：中国青年出版社，2016.5
ISBN 978-7-5153-4164-4

Ⅰ.①风… Ⅱ.①周… Ⅲ.①游记—作品集—中国—当代 Ⅳ.①I267.4

中国版本图书馆CIP数据核字（2016）第086539号

策　　划：周海滨工作室+汽车有文化
责任编辑：万玉云
书籍设计：瞿中华

出版发行：中国青年出版社
社　　址：北京东四12条21号
邮政编码：100708
网　　址：www.cyp.com.cn
营　销　部：010-57350364
媒体运营：010-57350395
编　辑　部：010-57350405
雄狮书店：010-57350370
印　　刷：北京科信印刷有限公司
经　　销：新华书店
开　　本：880×1230 1/32
印　　张：7.625
图　　幅：115
字　　数：200千字
版　　次：2016年6月北京第1版
印　　次：2016年6月北京第1次印刷
印　　数：1—4000
定　　价：39.00元

本图书如有印装质量问题，请凭购书发票与质检部联系调换
联系电话：（010）57350337